हिन्द पॉकेट बुक्स

एक बार और

मन्नू भंडारी हिन्दी की सुप्रसिद्ध कहानीकार हैं। मध्य प्रदेश में मंदसौर जिले के भानपुरा गाँव में जन्मी मन्नू का बचपन का नाम महेंद्र कुमारी था। लेखन के लिए उन्होंने मन्नू नाम का चुनाव किया। उन्होंने एम. ए. तक शिक्षा पाई और वर्षों तक दिल्ली के मिरांडा हाउस में अध्यापिका रहीं। *धर्मयुग* में धारावाहिक रूप से प्रकाशित उपन्यास *आपका बंटी* से लोकप्रियता प्राप्त करने वाली मन्नू भंडारी विक्रम विश्वविद्यालय, उज्जैन में प्रेमचंद सृजनपीठ की अध्यक्षा भी रहीं। लेखन का संस्कार उन्हें विरासत में मिला। उनके पिता सुख सम्पतराय भी जाने-माने लेखक थे।

एक बार और

मन्नू भंडारी

हिन्द पॉकेट बुक्स
पेंगुइन रैंडम हाउस इम्प्रिंट

हिन्द पॉकेट बुक्स

यूएसए | कैनेडा | यूके | आयरलैंड | ऑस्ट्रेलिया
न्यू ज़ीलैंड | भारत | साउथ अफ्रीका | चीन | सिंगापुर

हिन्द पॉकेट बुक्स, पेंगुइन रैंडम हाउस ग्रुप ऑफ़ कम्पनीज़ का हिस्सा है, जिसका पता global.penguinrandomhouse.com पर मिलेगा

पेंगुइन रैंडम हाउस इंडिया प्रा. लि.,
चौथी मंजिल, कैपिटल टावर -1, एम जी रोड,
गुड़गांव 122 002, हरियाणा, भारत

पेंगुइन
रैंडम हाउस
इंडिया

प्रथम हिन्दी संस्करण हिन्द पॉकेट बुक्स द्वारा 1977 में प्रकाशित
यह हिन्दी संस्करण हिन्द पॉकेट बुक्स में पेंगुइन रैंडम हाउस द्वारा 2022 में प्रकाशित

10 9 8 7 6 5 4 3 2

ISBN 9789353496241

मुद्रकः रेप्रो इंडिया लिमिटेड

www.penguin.co.in

FSC www.fsc.org MIX Paper from responsible sources FSC® C047271

This is a legitimate digitally printed version of the book and therefore might not have certain extra finishing on the cover.

एक बार और

सारा सामान बस पर लद चुका है। बस छूटने में पांच मिनट बाकी हैं। ड्राइवर अपनी सीट पर आकर बैठ गया है। सामान को ठीक से जमाकर कुली नीचे उतर आया है और खड़ा-खड़ा बीड़ी फूंक रहा है। अधिकतर यात्री बस में बैठ चुके हैं, पर कुछ लोग अभी बाहर खड़े विदाई की रस्म अदा कर रहे हैं। अड्डे पर फैली इस हलकी-सी चहल-पहल से अनछुई-सी बिन्नी चुप-चुप कुंज के पास खड़ी है। मन में कहीं गहरा सन्नाटा खिंच आया है। इस समय कोई भी बात उसके मन में नहीं आ रही है, सिवाय इस बोध के कि समय बहुत लम्बा ही नहीं, बोझिल भी होता जा रहा है। लग रहा है, जैसे पांच मिनट समाप्त होने की प्रतीक्षा में वह कब से यहां खड़ी है। कुंज के साथ रहने पर भी समय यों भारी लगे, यह एक नई अनुभूति है, जिसे महसूस करते हुए भी स्वीकार करने में मन टीस रहा है।

"पान खाओगी ?"

"नहीं।"

"कुछ पीपरमेंट की गोलियां पर्स में रख लो।"

"मुझे चक्कर नहीं आते।"

"टिकट ठीक से रख लिया न ?"

"हूं।"

ये औपचारिक वाक्य दोनों के बीच घिर आए मौन को तोड़ने में कितने असमर्थ हैं, दोनों ही इस बात को जान रहे हैं; पर मौन तोड़ने के लिए शायद कुछ और है भी नहीं।

अब से कोई पांच घण्टे पहले चाय पीते-पीते बिन्नी ने बिना किसी प्रसंग और भूमिका के कहा था, "कुंज, मैं आज ही वापस लौट जाऊंगी।"

"क्यों ?" हलके-से विस्मय से उसने पूछा था।

"बस, अब लौट ही जाऊंगी।" चाय के साथ ही साथ आंसुओं का घूंट-सा पीते हुए उसने कहा था। तब स्वयं उसके मन में भी शायद यह बात नहीं थी कि आज ही उसे चल देना पड़ेगा।

"तुम तो लम्बा प्रोग्राम बनाकर आई थीं न ?" कुंज के स्वर में जैसे नमी आ गई थी, पर उसे रोकने का आग्रह या मनुहार जैसी कोई बात नहीं थी। उसके चेहरे के रह-रहकर बदलते भावों से उसके मन की दुविधा का आभास ज़रूर मिल रहा था। बिन्नी बूंद-बूंद चाय सिप करके अकारण ही समय को खींच रही थी। तभी बैरा अखबार दे गया तो कुंज को जैसे एक सहारा मिल गया।

बिन्नी उठी और सूटकेस ठीक करने लगी। अधिकतर साड़ियों की तह भी नहीं खुली थी, फिर भी बिन्नी उन्हें निकाल-निकालकर जमाने लगी। हर क्षण उसे लगा था कि कुंज दोनों के बीच खिंच आए इस तनाव को तोड़कर उसे बुरी तरह डांटेगा और गुस्से में आकर सूटकेस का एक-एक कपड़ा निकालकर बाहर फैला देगा; पर ऐसा कुछ नहीं हुआ। बड़ी देर तक बिन्नी इधर के कपड़े उधर करती रही, फिर जाकर खिड़की पर खड़ी होकर नीचे से गुज़रते सैलानियों को देखती रही और कुंज बड़े निरर्थक-से कामों में अपने को व्यस्त बनाए रखने का अभिनय करता रहा। और उस समय का मौन यहां तक खिंचा चला आया।

कण्डक्टर ने सीटी बजाई। बिन्नी ने देखा कि एक बड़ी ही निरीह-सी कातरता कुंज के चेहरे पर उभर आई है। बिन्नी का अपना मन बहने-बहने को हो पाया, पर अपने को भरसक साधती-सी बस में चढ़ने लगी। कुंज ने हलके से उसकी पीठ पर हाथ रखकर उसे सहारा दिया। बस स्टार्ट हुई तो कुंज ने कहा, "पहुंचकर लिखना।" बिन्नी से स्वीकृति में सिर भी नहीं हिलाया गया।

बस चल पड़ी तो उसके खाली मन पर आक्रोश, निराशा, अवसाद और आत्मग्लानि की परतें जमने लगीं। आंसूओं को आंखों की कोरों में ही पीते हुए वह बाहर देखने लगी। मोड़ पर एक बार उसने पीछे की ओर मुड़कर देखा। बस धूल के जो गुबार छोड़ आई थी, उनके बीच कुंज का सिर दिखाई

दिया। पता नहीं वह किस ओर देख रहा था। मोड़ के साथ ही बस ढलान पर चलने लगी। चारों ओर फैली हुई पहाड़ियों और उनके बीच अंगड़ाई लेती हुई सुनसान घाटियां। कुंज ऊपर ही छट गया है, और बस उसे तेज़ी से नीचे की ओर ले जा रही है, नीचे—नीचे।

पीछे कोई बराबर खांस रहा है, जैसे दमे का मरीज़ हो। इस लगातार की खांसी से बिन्नी को बेचैनी होने लगी। उसने पीछे मुड़कर देखा। सबसे पिछली सीट पर एक बूढ़ा पैर ऊपर उठाए, घुटनों में मुंह छिपाए लगातार खांसे जा रहा है। थोड़ी देर में उसकी खांसी बन्द हो गई तो बिन्नी बड़ी बेकली से उसके फिर खांसने की प्रतीक्षा करने लगी। जब फिर खांसी चलने लगी तो उसे जैसे राहत मिली। और हर बार यही होता। उसके खाली मन को टिकने के लिए जैसे एक सहारा मिल गया।

बस से उतरी तो बिन्नी को लगा, जैसे उसका सिर बहुत भारी हो आया है। हवा वास्तव में शायद उतनी गरम नहीं थी, जितनी पहाड़ पर से आने वालों को लग रही थी। बिन्नी ने वेटिंगरूम में जाकर हाथ-मुंह धोए, सिर पर ढेर सारा ठंडा पानी डाला और पंखे के नीचे बैठ गई।

प्लेटफॉर्म पर इस समय सन्नाटा-सा ही था। बस से उतरे हुए यात्री वेटिंगरूम में समा गए थे। नीली वर्दी वाला कोई-कोई खलासी इधर-उधर आता-जाता दिखाई दे जाता था।

धीरे-धीरे सांझ उतरने लगी तो बिन्नी की आंखों में कल की सांझ उतर आई।

हवा में काफी ठण्डक थी, फिर भी चढ़ाई के कारण बिन्नी और कुंज के चेहरे पर पसीने की बूंदें झलक आई थीं। बिन्नी चुप-चुप चल रही थी, अपने में ही डूबी, आत्मलीन-सी।

कुंज शायद समझ रहा था कि फूली हुई सांस के कारण उससे कुछ बोला नहीं जा रहा है; पर नहीं, बिन्नी के पास उस समय बोलने के लिए कुछ था ही नहीं। केवल यह अहसास था कि सारी बात खिंचकर एक ऐसे बिन्दु पर आ गई है, जहां शायद कहने-सुनने के लिए कुछ भी नहीं रह जाता।

"कहीं बैठा जाए अब तो।" चुप-चुप चलने से ऊबकर बिन्नी ने कहा।

"बहुत थक गईं ?"

"हां, अब तो सचमुच बहुत थक गई।" और जब उसने कुंज की कुछ टटोलती-सी नज़रों को अपने चेहरे पर टिका पाया तो उसे लगा, जैसे कुंज ने उसकी बात को किसी और ही अर्थ में ग्रहण किया है।

बैठते ही कुंज ने उसका हाथ अपने हाथ में ले लिया। यह स्पर्श! होश संभालने के बाद पुरुष-स्पर्श से उसका परिचय इस स्पर्श ने ही कराया था। इसी स्पर्श ने भीतर तक गुदगुदाकर और रोम-रोम में बसकर उसे उठते यौवन का अहसास कराया था। आज एकाएक ही कितना अपरिचित हो उठा है यह स्पर्श—सर्द और निर्जीव !

फिर भी उसने अपना हाथ खींचा नहीं। सूनी-सूनी नज़रों से सामने फैली पहाड़ियों और नीचे उतरती घाटियों को ही देखती रही। कुंज का हाथ थरथराने लगा। वह समझ गई कि कोई बात है, जो उसके भीतर घुमड़ रही है। पहले जब कभी उसे इस बात का आभास भी मिलता था तो कितनी उत्सुक हो उठती थी वह जानने के लिए ! आज वह न कोई उत्सुकता दिखा रही है, न आग्रह कर रही है। भीतर ही भीतर तो वह जानती भी है कि कुंज क्या बात करेगा। उसने मधु का पत्र पढ़ लिया था। शायद कुंज ने जानबूझकर ही ड्रेसिंग टेबल पर वह पत्र छोड़ दिया था, जिससे कि बिन्नी स्वयं सारी स्थिति समझ ले। फिर भी आशंका और आशा का मिला-जुला भाव बिन्नी के मन में रह-रहकर तैर रहा है। कुंज सारी बात को किस रूप में रखता है ? किस अधिकार से वह कहेगा कि बिन्नी, तुम लौट जाओ, अपने को काट लो ? वह जानने-सुनने को उत्सुक भी है, साथ ही यह भी चाहती है कि दोनों के बीच कभी यह प्रसंग उठे ही नहीं। बस, ऐसा ही एकांत हो, ऐसी ही निर्विघ्न शांति हो और इसी प्रकार कुंज उसका हाथ अपने हाथ में लिए बैठा रहे। "बिन्नी !" कुंज अटक जाता है। फिर धीरे-धीरे बिन्नी का हाथ सहलाने लगता है। बिना देखे भी बिन्नी जान लेती है कि बड़ी ही दयनीय-सी विवशता उसके चेहरे पर उभर आई है।

"बिन्नी, तुम्हीं बताओ, मैं क्या करूं ? मेरी आस्था ही मेरे लिए बहुत भारी पड़ रही है। यह सब अब मुझसे चलता नहीं। यह दुहरी जिंदगी, यह हर क्षण का तनाव...।" वाक्य उससे पूरा नहीं हो पाता। बचे हुए 'शब्द' स्वर के भर्राएपन में ही डूबकर रह जाते हैं।

बिन्नी कुछ नहीं कहती, केवल अंधेरे में कुंज के चेहरे पर उभर आए भावों को देखने की कोशिश करती है। विश्वास करने की कोशिश करती है कि यह सब कुंज ही कह रहा है। भीतर ही भीतर कुंज के ही कुछ वाक्य टुकड़ों-टुकड़ों में गूंजते हैं—'बिन्नी, शादी मुझे इतना संकीर्ण नहीं बना सकेगी कि मैं अपने और संबंधों को झुठला ही दूं। शादी अपनी जगह रहेगी और मेरा-तुम्हारा संबंध अपनी जगह।' पता नहीं उस समय इन बातों से उसने अपने को समझाया था या बिन्नी को। कुंज उसके बाद कुछ नहीं कह पाता। थोड़ी देर बाद वह कहता है तो केवल यही, "बहुत अंधेरा घिर आया है, अब लौट चलें, वरना..."

और बिन्नी चारों ओर घिरते हुए इस अंधेरे को मन की अनेक परतों पर उतरता हुआ महसूस करती है, लौट जाने की आवश्यकता को भी महसूस करती है, पर समझ नहीं पाती कि आखिर लौटकर जाए कहां।

रात आधी के करीब बीत चुकी है। कमरे के सारे खिड़की-दरवाज़े बंद हैं। फायर-प्लेस में जलती लकड़ियों का चट्ट-चट्ट शब्द ही कमरे के मौन को चीर रहा है। कुंज ने कमरे की बत्ती बंद कर दी है। केवल लकड़ियों का पीला-पीला आलोक ही कमरे में थिरक रहा है, जिसके साथ दीवालों पर न जाने कैसे बेडौल-से साये कांप रहे हैं। उसे लगा, वह जब भी कुंज के साथ होती है, ऐसी ही बेडोल छायाएं उसे हमेशा घेरे रहती हैं। कॉफी के खाली कप टेबल पर पड़े हैं और थकी-सी बिन्नी सोफे पर ही तकिया दबाकर अधलेटी-सी पड़ी है। सिगरेट के धुएं के पारदर्शी बादलों के पीछे से झांकता हुआ कुंज का चेहरा बिन्नी को एक भावहीन मूर्ति की तरह लग रहा है।

एकाएक बिन्नी को लगा, जैसे बड़ी देर से वे चुपचाप बैठे हैं। और इस अहसास के साथ ही उसे वह एकान्त बड़ा बोझिल लगने लगा। ऐकान्तिक क्षणों का मौन यों शब्दों में भी ज़्यादा मधुर होता है; पर लगा, इसके पीछे तो कुछ और ही है। शायद चाहकर भी कुछ न कह पाने की विवशता, बिना सुने ही सब कुछ जान लेने की व्यथा।

कुंज सिगरेट का आखिरी कश लेकर उसे मसलकर भरी हुई ऐश-ट्रे

में ठूंस देता है। फिर शब्दों को ठेलता हुआ-सा वह कहता है, "बिन्नी, तुम्हें लेकर मैं अपने को बहुत अपराधी महसूस करता हूं।" और वह अपनी बात की प्रतिक्रिया जानने के लिए बिन्नी के चेहरे की ओर देखने लगता है। बिन्नी का अपना मन हो आता है कि वह देखे कि उस पीले-पीले आलोक में उसका चेहरा कैसा लग रहा है। कुंज की सीधी नज़रें उसे हमेशा बेचैन बार देती हैं। उसे लगता है, जैसे अनायास ही कुंज की नज़रों में तुलना का भाव उभर आया है। यों किसी और के संदर्भ में देखे-परखे जाने की भावना हमेशा उसके मन को कचोटती है। पता नहीं कुंज के मन में यह भाव रहता भी है या नहीं, पर वह स्वयं इस भाव से कभी मुक्त नहीं हो पाती।

"तुम शादी कर लो बिन्नी ! मेरी दुर्बलता की कीमत आखिर तुम क्यों चुकायो...मुझे लगता है कि जब तक मैं निर्ममता में अपने को काट नहीं लेता, तुम किसी और दिशा में सोचोगी ही नहीं। इस बार मुझे कुछ निर्णय ले ही लेना चाहिए।" और वह जैसे आंखों के आगे छाई धुंध को दूर करने के लिए दोनों हाथों से आंखें मसलने लगता है।

एकाएक ही बिन्नी का मन बेहद कटु हो आता है। मन होता है, सुलगती नज़रों से एक बार कुंज को देखे ; पर वह छत की ओर देखने लगती है। आंखों के आगे मधु के पढ़े हुए पत्र की पंक्तियां उभर आती हैं—'तुमने विवाह से पहले एक बार भी मुझे बता दिया होता कि तुम किसी और के साथ वचनबद्ध हो तो मैं कभी तुम दोनों के बीच नहीं आती। किसी और का अधिकार छीनने की मेरी आदत नहीं; पर जो अधिकार तुमने स्वेच्छा से दिया, उसमें बंटवारा करना भी मेरे लिए संभव नहीं। आज भी अपना मन साफ करके मुझे बता दो, मैं चुपचाप लौट जाऊंगी; पर उस समय फिर गोद में छिपाकर आंसू मत बहाना। तुम जानते हो, तुम्हारे आंसू मुझे कितना दुर्बल बना देते हैं। मैं तुम्हारे निर्णय की प्रतीक्षा करूंगी, इधर या उधर।'

कुंज ने शायद निर्णय लेने के लिए ही उसे यहां बुलाया है। वह जानती है, निर्णय उधर का ही हुआ है। इधर तो जब होना चाहिए, तब नहीं हुआ। जब हो सकता था, तब नहीं हुआ तो अब क्या होगा ! कुंज शायद अपने निर्णय का समर्थन करवाना चाहता है। चाहता है कि बिन्नी स्वयं कहे कि

'मैं अपने को काट लेती हूं।' और वह इस कटने की ज़िम्मेदारी सीधे बिन्नी पर या 'बिन्नी के हित' पर डालकर अपराध-भावना से मुक्त हो सके। निर्णय उधर का हो चुका है, इसीलिए तो कुंज ने गोदी में सिर रखकर रोने के लिए उसे यहां बुलाया है। यदि इधर का होता तो शायद आज कुंज मधु की गोदी में सिर रखकर रो रहा होता।

बात फिर वहीं टूट गई। पर बिन्नी ने अच्छी तरह महसूस किया कि जो कोमल तंतु उन दोनों को वर्षों से बांधे चला आ रहा था, आज जैसे वह टूट गया है। उन दोनों के बीच कुछ था, जो मर गया है। टूटने-मरने का यह बोध रात में और भी गहरा हो गया था, जब दो लाशों की तरह वे साथ सोए थे।

कुंज सो सका था या नहीं, पर बिन्नी की नम आंखों के सामने सारी रात जाने कैसे-कैसे चित्र ही तैरते रहे—पिछले साल नैनीताल में कुंज के साथ बिताए हुए दिनों के चित्र। श्री और श्रीमती कुंज श्रीवास्तव के नाम से होटल में कमरा लिया था और बैरा लोग जब मेम साहब कहकर संबोधित करते तो उसे न कुछ अस्वाभाविक लगता था, न अनुचित। उसका सारा व्यवहार इतना स्वाभाविक था, मानो वह वर्षों से उसके साथ रहती आई है, उसकी एक-एक आदत और आवश्यकता से वह खूब अच्छी तरह परिचित है। झील के किनारे की वे बातें आज भी उसे याद हैं, जो शायद कभी उसके जीवन की सचाई नहीं बन सकीं, शायद कभी बन भी नहीं सकेंगी—उन्मुक्त प्यार का वह संबंध, जिसे विवाह या किसी ऐसे औपचारिक बंधन की आवश्यकता नहीं होती...

बिन्नी की आंखों में आंसू चू पड़े। मन बहुत डूबने लगा तो उसने आंखें खोल दीं। 'फायर-प्लेस' की लकड़ियां बुझ चुकी थीं। अंगारों पर भी राख जम चुकी थी। केवल हलकी-सी गंध कमरे में अब भी फैली हुई थी।

उसने धीरे से करवट ली और मन ही मन तय किया, कल ही वह लौट जाएगी।

रेंगती हुई ट्रेन कब प्लेटफॉर्म पर आ खड़ी हुई, आधी सोती, आधी

जागती बिन्नी जान ही नहीं पाई।

"अभी गाड़ी खाली है, अपना बिस्तर लगा लीजिए।" कुली ने कहा तो वह चौंकी।

प्रतीक्षालय में बंद यात्री कुलियों पर सामान लदवाए प्लेटफॉर्म पर आ-जा रहे थे। दो-तीन बसे और भी अनेक यात्रियों को पहाड़ से नीचे ले आई थीं और हलका-सा शोर चारों ओर फैलने लगा था।

बिन्नी ने जल्दी से सामान उठवाया और ज़नाने डिब्बे में घुसकर ऊपर वाली बर्थ पर अपना बिस्तरा फैला लिया। उसे लगा, आज रात वह नहीं सोएगी तो उसका सिर फट जाएगा। थोड़ी देर तक खिड़की के पास बैठी प्लेटफॉर्म की भीड़ को ही देखती रही, पर जब भीड़ बढ़ने लगी तो ऊपर चढ़ गई। आंखें बंद करने पर भी उसे रोशनी का चौंधा असह्य लगता है, जैसे किसीने चेहरे के सामने टॉर्च जला दी हो। उसने साड़ी का पल्ला आंखों पर डाल लिया।

नीचे का शोर, बच्चों का रोना-चिल्लाना निरंतर बढ़ता जा रहा है, पर उस सबसे तटस्थ बिन्नी अपने में ही डूबी है। गाड़ी चली तो पहली बात उसके दिमाग में आई—यों चार दिन में ही लौट आने की क्या सफाई देगी वह सुषी को ? कुंज का पत्र पाकर जब उसने अपने जाने की बात कही थी तो सुषी विस्मित-सी उसे देखती रह गई थी। रात में सोते समय केवल इतना ही कहा था—"पहले का जाना तो तब भी समझ में आता था बिन्नी, पर अब ? जो आदमी बार-बार वायदा करके मुकर जाए, उससे क्या आशा करती है तू ?"

"आशा ? क्या हमेशा कुछ पाने की आशा से ही संबंध रखा जाता है ?" कहकर ही बिन्नी को लगा था कि वह सुषमा को समझा रही है या अपने मन को ?

"संबंध ?" सुषमा के स्वर में वितृष्णा-भरी खीझ उभर आई। "तू अभी भी समझती है कि तू उसे प्यार करती है या कि यह प्यार है, जिसके ज़ोर से तू खिंची हुई चली जाती है ? क्यों अपने को धोखा दे रही है बिन्नी, अब तेरे संबंध का आधार प्यार नहीं, प्रेस्टीज़ है, कुचला हुआ आत्मसम्मान व तुझे कुंज नहीं मिला तो तू अपने को बरबाद करके भी यह संभव नहीं होने

देगी कि वह मधु को मिले...”

बिन्नी भीतर तक तिलमिला उठी। मन हुआ, चीखकर सुषमा को चुप कर दे, पर वह भिंचे गले से केवल इतना ही कह सकी, “तू चुप हो जा सुषमा!” थोड़ी देर तक बिन्नी प्रतीक्षा करती रही थी कि सुषमा कोई और कड़ी बात कहेगी, लेकिन सुषमा सचमुच ही चुप हो गई। बिन्नी समझ गई, सुषी बहुत नाराज़ है। हलकी नाराजगी में सुषी खूब लड़ती है; पर जब बात उसके लिए असह्य हो जाती है, तो वह चुप हो जाती है। कुंज ने उन दोनों के बीच एक दीवार खड़ी कर दी है और हर बार ही कुछ ऐसा होता है कि उस दीवार पर अनचाहे ही एक पलस्तर और चढ़ जाता है। बिन्नी सुषमा के आक्रोश को समझती है, पर सुषी है कि उसके मन की बात ही नहीं समझ पाती, शायद कभी समझ भी नहीं पाएगी।

बिन्नी का मन हुआ, सुषमा उससे लड़ ले, कुछ और कटु बातें उसे सुना दे, पर यों चुप न हो। सब घरवालों से अपने को काटकर विन्नी यहाँ रह रही है—कैसी-कैसी मानसिक यातणाओ से वह गुज़री है, पर सुषी का सहारा उसे हमेशा मिलता रहा है, गलत और सही कामों में उसका समर्थन मिलता रहा है; पर इस बार जैसे वह उस आखिरी सहारे को भी तोड़कर कुंज के पास चली आई थी।

अब क्या कहेगी वह सुषी को ? उसकी बन्द पलकों में आंसू चू पड़े।

बिन्नी को लेकर तांगा जब स्टेशन के बाहर निकला तो पौ भी नहीं फटी थी। सड़क सुनसान थी और हवा सुहानी। जमादार ऐन भोर की मस्ती में—‘हवा तुम धीरे बहो’ की तान के साथ सड़क झाड़ रहा था। स्टेशन-रोड से तांगा झील के रास्ते की ओर मुड़ा तो सड़क के दोनों किनारों पर सूने गुलमोहर और अमलतास के पेड़ों की कतार की कतार खड़ी दिखाई दी। और बिन्नी का मन लौटकर उसी सुबह की ओर चला गया, जब गुलमोहर के पेड़ लाल-लाल फूलों से भरे थे और उसका मन विचित्न-से सशंकित उल्लास से।

कुंज ने बांहों में भरकर अनेक चुम्बन अंकित करके उसे नैनीताल में विदा किया था, इस आश्वासन के साथ कि वह जल्दी ही बिन्नी को दिल्ली बुला लेगा और वे एक नई ज़िन्दगी की शुरुआत करेंगे। उस दिन जब उसका तांगा इस तरफ मुड़ा था तो उसे लगा था कि उसकी ज़िन्दगी भी अब फलों के रास्ते की ओर मुड़ गई है। इसी तरह सुषी को बिना सूचना दिए वह आई थी, पर तब सारे रास्ते उसे लगता रहा था कि घोड़ा बहुत धीरे चल रहा है, या कि रास्ता खिंचकर बहुत लम्बा हो गया है।

सुषमा तांगे की आवाज़ से ही जागी थी और उसने उनींदी आंखों से ही बिन्नी को बांहों में भर लिया था।

उसके बाद बिन्नी जहां कहीं भी जाती, उसे गुलमोहर के लाल-लाल फूल ही दिखाई देते।

लोगों का कहना था कि उस साल जैसा गुलमोहर शहर में कभी नहीं फूला था।

फिर एक-एक दिन सरकता गया और गुलमोहर के फूल धीरे-धीरे झड़ते चले गए।

दिन ठंडे होते चले गए थे और अकारण ही यह ठण्डक सुषमा के मन में पैठती चली जा रही थी। उसने कुंज के पत्र पढ़ना बन्द कर दिया था और कुंज के पत्रों को पढ़कर अकेले झेलना बिन्नी को बहुत भारी लगने लगा था। कुंज को लेकर उसके अपने मन में न जाने कितना आक्रोश और क्षोभ भरा था, पर सुषमा के सामने होते ही उसे कुंज का मुखौटा ओढ़ना पड़ता था, और तब उसका कष्ट कई गुना हो जाता था।

दिसम्बर में सुषमा अपने देवर-देवरानी के आग्रह की बात कहकर कानपुर चली गई थी। बिन्नी का बहुत मन हुआ था कि उसे रोक ले, पर उससे कुछ नहीं कहा गया था। चलते समय केवल इतना ही कह पाई थी, 'सुषी, जल्दी आना, मेरा मन बिलकुल नहीं लगेगा,' तो सुषमा की आंखों में आंसू आ गए थे और बिन्नी को जैसे आश्वासन मिल गया था कि दोनों के बीच कहीं कोई नहीं है, कभी कोई हो भी नहीं सकता है, कि सुषमा जल्दी ही लौटकर आएगी।

सर्दी के वे दिन बड़े मनहूस और उदास बीते थे। उसने तभी महसूस किया था कि आदमियों की भी अपनी एक गर्मी होती है। सारे घर में किसीको

न देखकर सर्दी जैसे फैल-पसरकर बैठ गई थी। नैनीताल जाने से पहले वह 'कुछ सुखों' से अपरिचित थी, पर अब रात में जब शरीर की अपनी भूख जागती तो अपने को साधना उसके लिए कठिन हो जाता।

उसने कुंज को लिखा था कि तुम जैसे भी हो, एक सप्ताह के लिए आ जाओ, पर कुंज व्यस्त था और कुंज की व्यस्तता उसकी इच्छा से बड़ी थी। बिन्नी जानती है कि कुंज के सारे समय पर उसका अधिकार नहीं है, केवल उसका खाली समय ही बिन्नी के लिए है। खाली समय में भी, यदि वह चाहे तो। तब उसने मन ही मन निर्णय लिया था कि वह जैसे भी होगा, अपनी ज़िन्दगी को नया मोड़ देगी, अपने को इस मोह से मुक्त करेगी; पर कुंज के पत्रों के सामने उसके सारे निर्णय गल गए थे और अपने को मोड़कर वह कहां ले जाए, इस असमंजस में लौटकर फिर कुंज के पास ही आ गई थी।

पर अब ?

2

तांगे की आवाज़ सुनकर मांजी निकली और उसे देखकर हैरान-सी बोली, "अरे बीबी, तुम कैसे लौट आईं ?"

बिन्नी ने तांगे वाले को पैसे दिए। मांजी को जवाब नहीं दिया। उसने सोच लिया है कि वह किसीको कुछ नहीं कहेगी, सुषमा को भी नहीं।

मांजी ने होल्डाल उठाया और बिन्नी ने सूटकेस। "सुषमा बीबी कल शाम को ही शर्मा साहब के यहां चली गई। बीबीजी खुद आकर ले गईं। आज दोपहर में आने को कह गई हैं।"

बिन्नी को बड़ी राहत मिली। मित्रता के इतने वर्षों में यह पहला मौका था कि सुषी की उपस्थिति उसे असह्य लग रही थी; पर अपनी इस भावना पर उसका मन ग्लानि से भर उठा।

बरामदा पार करके बिन्नी कमरे में घुसी। वही कमरा, वही सामान, फिर भी उसे लगा कि जैसे दीवालें सिमट आई हैं और कमरा छोटा हो गया है। इस छोटे-से कमरे में ही उसे बहुत बड़ी ज़िन्दगी काटनी है। हाथ-मुंह धोकर उसने

चाय पी और फिर अपने कमरे के पलंग पर आकर लेट गई। मांजी आई तो उसने खिड़की खोल दी और परदा एक ओर को सरका दिया। सुबह की बड़ी कोमल धूप में बिन्नी का शरीर नहा उठा, पर खिड़की की सलाखों ने उसके शरीर को कई टुकड़ों में बांट दिया।

सुषमा आई तो हैरान। "तू कैसे लौट आई?"

"यों ही मन नहीं लगा इस बार।"

इस बात पर ध्यान दिए बिना सुषी की तेज़ नज़रें बिन्नी के मन में उतरती जा रही थीं। बिन्नी खुद जानती थी कि जो कुछ उसने कहा, वह विश्वास करने लायक नहीं है।

"लड़ाई हो गई कुंज से?"

"नहीं तो!" कहने को कह तो दिया बिन्नी ने, पर भीतर से रुलाई का वेग जैसे फूट पड़ना चाहता था। किसी तरह अपने को संयत करके वह अखबार पढ़ने की कोशिश करने लगी। सुषमा भीतर गई तो बिन्नी ने सोचा कि अब वह लौटकर नहीं आएगी, वह उससे कोई बात नहीं करेगी, साथ रहकर भी उन्हें अजनबियों की तरह ही रहना पड़ेगा। हो सकता है, सुषमा यहां से चली ही जाए; पर तभी हाथ में बुनाई लिए सुषमा आकर सामने की कुर्सी पर बैठ गई। सुषमा हमेशा की तरह सहज लग रही थी, मानो चार दिन पहले उनके बीच कुछ हुआ ही न हो।

बिन्नी अखबार एक ओर पटककर पलंग पर ही बैठ गई। नहीं, सुषमा को वह अपने से यों कटने नहीं देगी। उसने पीठ पर फैले बालों को हथेली पर लपेटकर ढीला-सा जूड़ा बना लिया और सब कुछ बता देने के लिए भीतर ही भीतर जैसे अपने को तैयार करने लगी।

"तेरा यूं लौट आना बड़ा विचित्र संयोग है; कहूं, बड़ा शुभ संयोग।" और सुषमा ने अपनी नज़र बुनाई पर से उठाकर बिन्नी के चेहरे पर गड़ा दी, जहां विस्मय का भाव गहरा होता जा रहा था।

"दिनेश भैया का पत्र देख लिया न?"

"नहीं तो! कहां है?' सुषमा की बात का सूत्र इस पत्र में होगा, इस बात का अनुमान-सा लगाते हुए उसने पूछा।

"तेरी दराज ही में तो रख दिया था मैंने।" और सुषमा ने उठकर उसे पत्र पकड़ा दिया। पत्रों की बेसब्री से राह देखने वाली बिन्नी सवेरे से आकर दराज तक न खोले, यह सब उसकी जिस मानसिक स्थिति का सूचक है, सुषी उसे खूब समझ रही है; पर उसने सोच लिया है कि वह उस बारे में कोई बात नहीं करेगी।

बिन्नी बन्द लिफाफे को यों ही उलट-पलटकर देखती रही और मन में जो सबसे पहली बात उठी, वह यह कि क्या सचमुच ही सुषी ने अपने को बिन्नी से एकदम काट लिया है ? वरना सुषमा तो नाराज़ होने से पहले तक कुंज तक के पत्र इस अधिकार से पढ़ती थी, मानो वे उसीके लिए लिखे गए हों। सुषमा के विवाह के पहले तक दोनों का हर काम साझे में चलता था। श्यामजी के विदेश जाने के बाद सुषमा बिन्नी के पास आकर रहने लगी तो यह टूटा हुआ क्रम फिर जुड़ गया था। लेकिन अब ?

बिन्नी ने पत्र पढ़ लिया तो सुषमा ने प्रतिक्रिया जानने के लिए उसकी ओर देखा। बिन्नी भावहीन चेहरा लिए पत्र को मोड़ती-खोलती रही। उसकी कुछ भी समझ में नहीं आया, वह क्या कहे। पत्र में विशेष कुछ था भी नहीं। इधर-उधर की दो-चार बातों के बाद सूचना थी कि नन्दन अपने काम से आ रहा है। शायद दस-बारह दिन ठहरेगा। उसके साथ रसगुल्ले का एक टिन भेज रहे हैं।

"अच्छा हुआ, तू आ गई। मैं तो समझ ही नहीं पा रही थी कि दिनेश भैया को क्या जवाब दूं।"

बिन्नी समझ गई कि दिनेश भैया ने सुषमा को अलग से भी पत्र लिखा है। बिन्नी ने अपने को परिवार से काट लिया है, फिर भी कभी-कभी भैया का कर्तव्य-बोध जाग ही जाता है। नन्दन के बारे में उन्होंने पहले भी लिखा था, बिन्नी को कई बार आने का आग्रह भी किया था, पर बिन्नी के अपने मन में नन्दन को लेकर कभी कोई दिलचस्पी नहीं जागी। वही नन्दन अब यहां आ रहा है। सुषमा का वाक्य मन की किसी अदृश्य परत पर गूंजा-शुभ संयोग।

'गेस्ट हाउस में ठहरेंगे। तू कहे तो मैं यहीं ठहरने को कह दूं ?" सुषमा की इस बात से बिन्नी भीतर तक गल गई। क्या हो गया है इस सुषी को कि अपने सारे अधिकार समेटकर यों निरीह बनकर वह बिन्नी से पूछे ? शादी के बाद से सुषमा कैसे अनायास ही उसकी अन्तरंग मित्र से अभिभाविका बन बैठी, यह आज तक वह

नहीं समझ सकी थी। पिछले डेढ़ साल से जो सुषमा साधिकार आदेश ही देती आई है, वह निरीह बनकर यों उसकी अनुमति ले ? उसका मन हुआ, सुषमा के दोनों कन्धे झकझोरकर पूछे—'तू भी मुझे अपने से काटकर अलग कर देना चाहती है तो साफ क्यों नहीं कहती—ये इस तरह की बातें !' पर उससे केवल इतना ही कहा गया, "मुझसे क्या पूछती है, यह तेरा घर नहीं है क्या ?" स्वर में कुछ ऐसी आद्रता थी कि सुषमा हैरान-सी देखती रह गई और बिन्नी उठकर भीतर चली गई।

चार बजे के करीब घर के सामने जीप रुकी तो एक क्षण के लिए भी अनुमान लगाने की आवश्यकता नहीं हुई। हाथ की बुनाई पलंग पर पटककर स्वागत के लिए सुषमा बाहर निकली। बिन्नी से चाहकर भी दरवाज़े से आगे नहीं बढ़ा गया। सुषमा ने कुछ इस आत्मीयता से नन्दन को लिया, मानो उसकी पुरानी परिचिता हो, पर बिन्नी उनके बरामदे में आने और परिचय करवाने के बाद ही नमस्कार कर सकी।

परसों से ही सुषमा ने कमरा अच्छी तरह सजा रखा था। "हम तो कल से ही आपकी राह देख रहे थे।"

नन्दन ने एक उड़ती-सी नज़र कमरे पर डाली तो सुषी के चेहरे पर सन्तोष का भाव उभर आया। उसका सजाना व्यर्थ नहीं गया।

"कल दोपहर में तो पहुंचा ही था—कुछ लोग आ गए, काम का प्लान डिस्कस करना था, सो शाम उसीमें बीत गई।"

फिर रसगुल्ले का टिन बढ़ाते हुए बोला, "इसे संभालिए। सारे रास्ते मुश्किल से अपने को रोकता आया हूं। कलकत्ते में रहकर भी रसगुल्ले मेरी कमज़ोरी हैं।" और वह खुलकर हंस पड़ा।

तब बिन्नी के मन में कहीं कुंज की हंसी कौंधी। उसने पहली बार भरपूर नज़र से नन्दन को देखा। अपेक्षाकृत थोड़ा दुबला और लंबा। रंग थोड़ा सांवला, पर चमकता हुआ चौड़ा ललाट और सिर पर धुंघराले बाल। तभी लगा, जैसे अदृश्य रूप में कुंज भी नन्दन के साथ-साथ ही पाया है।

बिना परिचय के बातचीत का आधार दिनेश भैया का परिवार ही हो सकता था, पर सुषमा ने नन्दन से ही सोधा सूत्र जोड़ा। उसके अनेकानेक

आत्मीय प्रश्नों ने अपरिचय के इस बोध को टिकने नहीं दिया, "सफर में तकलीफ तो नहीं हुई ? ठहरने की जगह पसन्द है ? असुविधा न हो तो यहां आकर ठहरिए, हमें बड़ी खुशी होगी-जैसे दिनेश भैया, वैसे आप। कितने दिन ठहरेंगे ? क्या कार्यक्रम रहा करेगा ?"

और बिन्नी सोच रही थी कि वह भी इसी सहज भाव से क्यों नहीं हंस बोल पा रही है ? वह तो इस तरह बैठी है, मानो नन्दन उसे देखने आया है और वह लाज से सिमटी जा रही है। इस भावनामात्र से वह बेचैन हो उठी। मन हुआ, एक चक्कर भीतर का ही लगा पाए। तभी भीतर से मांजी चाय की ट्रेले आई तो बिन्नी को जैसे सक्रिय होने के लिए आधार मिल गया।

"बिन्नीजी, आपको दिनेश बहुत याद करते हैं और मिकी और पिंटू ने तो आदेश दिया है कि बुआ को साथ ही लेते आइए।"

चाय का प्याला बढ़ाते हुए बिन्नी ने नन्दन को देखा—क्या सचमुच उसे सबने बुलाया है, या कि...क्या भैया ने नन्दन को इस तरह का कोई संकेत दे रखा है ?

"यहां आपका काम क्या रहेगा ? किस प्रोजेक्ट पर आए हैं आप ?" इतनी देर में बिन्नी की ओर से पहला प्रश्न था।

"हमें विभिन्न प्रांतों के आदिवासियों की विवाह-पद्धति पर तथ्य इकट्ठे करने हैं।"

"यह तो बड़ा दिचचस्प काम है।"।

"ओह, बड़ा दिलचस्प ! वेरी इंटरेस्टिंग ! मैं तो चकित हूं कि इस अकेले देश में कितनी तरह के रस्म-रिवाज हैं।" और फिर बातें विभिन्न प्रकार की विवाह-पद्धतियों पर ही चल पड़ी।

नन्दन जब जाने लगा तो यह तय हुआ कि जब भी वह खाली होगा, बिना किसी औपचारिकता के यहां आ जाया करेगा। यहां के जो तीन-चार दर्शनीय स्थान हैं, वे साथ ही देखे जाएंगे।

उस दिन चले जाने के बाद भी बड़ी देर तक नन्दन उस घर में बना रहा।

बीतते अक्टूबर की सांझ। बिन्नी छत पर चली आई। सामने सड़क पर गायों का एक झुंड सारे वातावरण को मटमैला बनाता आ गुज़र गया है। पीछे

के मैदान में गिल्ली-डंडा खेलते हुए बच्चों का शोर बहुत साफ सुनाई दे रहा है। बिन्नी निरुद्दश्य-सी वही सब देख रही है।

उस दिन के बाद तीन दिन बीत गए, नन्दन नहीं आया। यों वह कह गया था कि दो-दो, तीन-तीन दिन के अंतराल से ही वह आ पाएगा, फिर भी हर दिन सुषमा ने उसकी राह देखी है, शायद बिन्नी ने भी। नन्दन के आगमन ने बिन्नी और सुषमा के बीच आ गए खिंचाव को अनायास ही तोड़ दिया था; पर आज सवेरे जब से कुंज का पत्र आया है, सुषमा फिर चुप है। बिन्नी जानती है कि चौदह साल पुरानी इस घनिष्ठ मैत्री का अपना कोई अस्तित्व नहीं रह गया है, दूसरे ही उसके निर्णायक हो गए हैं। बस, सवेरे से वह अकेली अपने कमरे से उठकर कभी सामने के छोटे से लॉन में गई है, तो कभी पीछे के आंगन में। नई आई पत्रिका की हर कहानी उसने शुरू की है, पर पूरा किसीको नहीं किया। दिन में एक घंटा लेटी है, पर नींद एक मिनट को नहीं आई। सुषमा तनाव के ऐसे क्षणों में भी कैसे इतनी सहज रह लेती है ? सवेरे से ही वह श्यामजी के लिए स्वेटर बना रही है, बिन्नी अपना मन ऐसे कामों में ज़रा भी नहीं लगा पाती। आज तो उसे खुद विश्वास नहीं होता कि कभी वह और सुषमा होड़ लगाकर सिलाई, कढ़ाई और बुनाई किया करती थीं। घंटों घूम-घूमकर साड़ियां और चड़ियां खरीदती थीं। सुषी को आज भी इन सारे कामों में वैसी ही रुचि है। यह तो बिन्नी ही है, जो बदल गई है।

उसने मांजी की खाट बिछाई और बांह का तकिया बनाकर चित लेट गई। कुंज ने उसे अब पत्र क्यों लिखा ? कई बार उसने वह पत्र पढ़ा है। वे ही शब्द—कुछ प्यार के, कुछ मजबूरी के, कुछ अपनी आस्था और मान्यताओं के। भावनाओं की लाश ढोते हुए ये शब्द उसे अब कहीं नहीं छूते। वह जानती है, यह मात्र एक औपचारिकता है, जिसे निभाने के लिए कुंज मजबूर है। वह आज तक नहीं समझ पाई कि कुंज उससे आखिर चाहता क्या है ? सुषमा की बात तो उसे भीतर तक कंपा देती है। सुषमा कुंज को लेकर बहुत संकीर्ण और कटु हो गई है। आज से पांच साल पहले तक कुंज दुनिया का सबसे उत्कृष्ट व्यक्ति था, आज सबसे निकृष्ट। सारी मजबूरियों के बावजुद वह

उसे माफ नहीं कर पाती है। उसे वह मजबूरी ही नहीं लगती। वह कभी सुषमा की बात से सहमत नहीं हो पाई है, पर सुषमा अपनी हर बात दावे के साथ कहती है और व्यक्तियों का विश्लेषण करने की अपनी क्षमता पर उसे गर्व है। बिन्नी को न कोई ऐसा दावा है, न गर्व। वह तो जितना सोचती है, उतनी ही उलझती जाती है और फिर उसका दिमाग सुन्न हो जाता है।

"बिन्नी !"

बिन्नी ने ज़रा-सा सिर उठाकर देखा तो सीढ़ियों पर सुषी खड़ी थी।

"नन्दन आए हैं।" और वह जैसे आई थी, वैसे ही लौट गई। बिन्नी क्षणभर यही सोचती रही कि यह मात्र सूचना है या बुलावा। फिर वह उठी। खड़े होते ही सामने फाटक पर जीप खड़ी दिखाई दी। आश्चर्य है, उसने जीप की आवाज़ नहीं सुनी !

नीचे उतरकर उसने साड़ी और बाल ठीक किए। खयाल आया, सुषमा ने सूचना देने के लिए ऊपर आने का कष्ट यों ही नहीं किया। वह चाहती है कि नन्दन के सामने बिन्नी ठीक से ही आए। उसका अपना मन हो रहा है कि कम से कम बह साड़ी बदल ही ले—पर फिर वह यों ही घुस गई।

बिन्नी के घुसते ही नन्दन ने स्वागत किया, "आइए बिन्नी जी!" तो बिन्नी को लगा, यह बात या ऐसी ही कोई बात तो उसे कहनी चाहिए थी। वह मुस्कराकर बैठ गई।

नन्दन बात का टूटा सूत्र जोड़कर फिर सुषमा के साथ व्यस्त हो गया। यहां के आदिवासियों की तलाक की प्रथा पर बात हो रही थी शायद। बिन्नी का मन बात में नहीं था, रह-रहकर उसकी नज़र नन्दन की बाई कनपटी पर बने घाव के निशान पर चली जाती थी। वह सोच रही थी, किस चोट का होगा यह निशान, कैसे लगी होगी ?

"आप लोग अनुमति दें तो एक सिगरेट पी लूं ?" और अनुमति का अवसर दिए बिना ही उसने जेब से सिगरेट और लाइटर निकाला।

लाइटर देखकर बिन्नी चौंकी। कुछ-कुछ इसी तरह का लाइटर उसने कुंज को उपहार में दिया था।

'नहीं, आज वह केवल नन्दन से ही मिलेगी।' भीतर ही भीतर जैसे

उसने निश्चय किया।

सुषमा किसी बात पर नन्दन से बहस कर रही है। बिन्नी सुन अवश्य रही है, पर केवल सुन-भर रही है। उसे लग रहा है, जैसे कुछ ध्वनियां हैं, जो कमरे में तैर रही हैं ; शब्द हैं, जो कमरे में बिखरे हुए हैं।...विवाह...प्रेम...तलाक... हमारा जीवन, आज का जीवन...

एकाएक बिन्नी अपने चेहरे पर नन्दन की सीधी नज़रें महसूस करती है। उसकी नज़रें हैं कि उसे कहीं भीतर से खींचकर बाहर ले आती हैं।

‘ इस विषय पर आप क्या सोचती हैं बिन्नीजी ?”

बिन्नी चुप। उसे पता ही नहीं कि विषय क्या है, पर नन्दन की नज़रें हैं कि हट नहीं रही हैं। तब किसी तरह जबरन होंठों पर हलकी-सी मुस्कराहट खींचकर धीरे से वह कहती है, “मैं इन विषयों पर कुछ सोचती ही नहीं।”

“तब आप क्या सोचती रहती हैं इतना चुप-चुप रहकर, आत्मा-परमात्मा की बातें ?” और वह हंसा तो बिन्नी के मन में पहली बात आई—नन्दन जानता है कि वह दर्शन-शास्त्र पढ़ाती है। और क्या-क्या जानता है वह उसके बारे में ?

“सुषमाजी, आप तो इतना बोलती हैं, पर अपनी मित्र को बोलना नहीं सिखाया आपने !”

और जब सुषमा ने भी हंसते हुए कहा, “दोनों ही इतना बोलने लगेंगी तो फिर सूनेगा कौन नन्दनजी !” तो वह बड़ी देर तक यही सोचती रही कि कितना अच्छा होता, यही बात वह कह पाती ! उसने एक बार अपने को पूरी तरह झकझोरना चाहा। चाहा कि वह भी उनकी बातों में, उनकी हंसी में खुलकर भाग ले सके। जो कुछ कहा जा रहा है, उसे मात्र सूने ही नहीं, समझे भी।

उसे क्या हो गया है ? आज उसने कितनी बार कुंज का पत्र पढ़ा, पर हर बार उसे लगा, जैसे वे निरे वाक्य हैं—अर्थहीन और बेजान। तब खयाल आया, केवल आज से ही नहीं, पिछले कुछ दिनों से बराबर उसे यही लग रहा है कि जैसे सब चीज़ों के, सब बातों के अर्थ चुक गए हैं। देखा, सुना, पढ़ा-कुछ भी तो उसकी समझ में नहीं आता है। और यह अर्थहीनता फैलते-फैलते उसके अपने जीवन में समा गई। सामने बैठा यह नन्दन उसे केवल एक आकार मात्र लग रहा है। इससे

अधिक उसका या उसकी बातों का कोई भी तो अर्थ उसकी समझ में नहीं आ रहा है। धीरे-धीरे शायद यह फैलती ही चली जाएगी, फैलती ही चली जाएगी...

बिन्नी एकाएक उठकर भीतर चली गई। भीतर जाकर और कुछ समझ में नहीं आया तो मांजी की मदद करने के लिए रसोईघर में चली गई।

आंखों के आगे गहरी धुंध छा रही थी। थोड़ी देर बाद एक ट्रे मांजी के हाथ में और एक अपने हाथ में लेकर वह चली तो आंखें सूखी थीं और हर चीज़ उसे साफ दिखाई दे रही थी।

कमरे में बत्ती जला दी गई थी और उस दूधिया आलोक में वह कमरा, कमरे की हर वस्तु और सामने बैठा नन्दन उसे एक बार बिलकुल नया-सा लगा।

पता नहीं किस बात पर नन्दन हंस रहा था। उसे देखते ही बोला, "देखिए बिन्नीजी, मैं इनसे कह रहा हूं कि कहां आपने अकेले-अकेले श्यामजी को दो साल के लिए विदेश भेज दिया! कहीं मेम-वेम ले पाए तो..."

बीच में ही सुषमा सुर्ख होती हुई बोली, "ऐसा कभी हो ही नहीं सकता। ये तो कभी ऐसा कर ही नहीं सकते। दो साल क्या, पांच साल के लिए भी रह लें तो...." और सुखी उसके गालों से फैलकर कानों तक को लाल कर गई।

चाय बनाते-बनाते बिन्नी के मन का कोई अदृश्य कोना बुरी तरह कराह उठा—काश, वह भी किसीको लेकर इतने ही विश्वासपूर्ण ढंग से कह पाती! किसीका सम्पूर्ण और एकनिष्ठ प्यार उसके गालों पर भी ऐसी ही सुखी पोत पाता!

अनायास ही उसकी नज़र नन्दन की ओर उठ गई।

फाटक पर खड़े-खड़े ही आने वाली संध्याओं का कार्यक्रम बन रहा है। अभी-अभी यहां से गायों का एक झुंड गुज़रकर चुका है। धूल का गुबार और गले में बंधी घंटियों का स्वर धीरे-धीरे दूर होता जा रहा है।

तीसरी बार और अंतिम बार नमस्कार करके नन्दन जीप में बैठ गया। घर-घर के ज़ोरदार शब्द में एक क्षण को और सारे शब्द जैसे डूब गए।

कच्ची सड़क पर पहियों के गहरे निशान छोड़कर नन्दन की जीप दूर जाकर अदृश्य हो गई।

बिन्नी और सुषमा के बीच में से केवल नन्दन ही नहीं गया, वह अपने साथ दोनों के बीच सवेरे से आए तनाव को भी लेता गया।

गायें चली गई, जीप चली गई, केवल वे शब्द बिन्नी के मन में बड़ी देर तक गूंजते रहे।

रात में बिन्नी सोई तो सुषमा उसके बालों को सहलाते हुए समझा रही थी, "देख बिन्नी, अब पागलपन मत करना। नन्दन जैसा आदमी तुझे मिलेगा नहीं। दिनेश भैया ने आखिर कुछ सोचकर ही इतनी बार लिखा होगा। इन हवाई बातों में कुछ नहीं रखा है, जिन्दगी अपने ढंग से ही चलती है।"

मन की अदृश्य परतों पर कहीं कुंज के शब्द टकरा रहे थे—'हम उस अभागी पीढ़ी के हैं बिन्नी, जो नये विचारों और नई भावनाओं को जन्म देने में हमेशा ही खाद बन जाती है।'

पूरी तरह खाद बना हुआ किसी भी बात को ग्रहण करने में असमर्थ बिन्नी का मन केवल यही चाह रहा था कि वह खूब-खूब रो ले।

कल नन्दन चला जाएगा।

उसके बाद भी जब नन्दन आया, वे लोग साथ घूमने गए। लौटकर साथ खाना खाया। यह सुषमा का विशेष आग्रह था। सुषमा नन्दन की आत्मीयता, उसके स्वभाव को लेकर बहुत प्रसन्न है। बिन्नी केवल इतना ही महसूस कर पाई है कि पिछली दो मुलाकातों में वह उनके बीच अकेला ही रहा है। कुंज अनुपस्थित होता चला गया।

आज का प्रोग्राम यों बना था कि नन्दन गेस्ट हाउस से सीधे झील पहुंचेगा और ये दोनों घर से जाएंगी। जाने का समय हुआ तो सुषमा ने कहा, "बिन्नी, आज तू अकेली ही चली जा।"

"क्यों ?" आश्चर्य से बिन्नी ने पूछा।

"मैं कह रही हूं इसलिए।" फिर रुककर बोली, "हो सकता है, वह तुमसे कुछ बात ही करना चाहते हों।'

बिन्नी चुप रही, पर इस मौन में सुषमा का प्रस्ताव मानने की स्वीकृति नहीं थी।

"देख बिन्नी, आज तक तू जो कुछ सही-गलत करती आई, मैंने इच्छा या अनिच्छा से तेरा साथ दिया; पर आज मेरा इतना-सा आग्रह तुझे रखना ही होगा।" और बिन्नी की कुर्सी के हत्थे पर बैठकर ही वह उसकी पीठ सहलाने लगी।

सुषमा के इस अभिभावकपन से बिन्नी के अहं की पहले कभी-कभी बडी ठेस लगा करती थी, पर अब वह उसकी आदी हो गई है। बल्कि अब तो वह उससे ऐसे व्यवहार की अपेक्षा करती है।

"देख, नन्दन कोई संकेत दे तो पत्थर बनकर मत बैठी रहना।" तो बिन्नी का मन भीतर से हंसा भी, रोया भी। क्या-क्या सोचती है यह सुषमा भी!

बिन्नी जब पहुंची तो दूर से ही देखा, नन्दन उसकी प्रतीक्षा कर रहा है। पता नहीं क्या बात है कि चाहकर भी वह कभी समय पर नहीं पहुंच पाती है। एक बार सुषी इतनी खीझ पड़ी थी कि बद्दुआ देती-सी बोली थी, 'भगवान करे, तुझे कभी जिन्दगी-भर प्रतीक्षा करनी पड़े।' तब उसने कल्पना भी नहीं की थी कि किसी पहुंचे हुए ऋषि की तरह उसका शाप बिन्नी के जीवन का सबसे बड़ा, सबसे कटु सत्य बनकर रह जाएगा। सुषी तो शायद भूल भी गई होगी, पर बिन्नी का तो मन ही ऐसा है कि हर बात वहां खुदकर रह जाती है।

एक क्षण चुपचाप खड़े रहने के बाद धीरे से बिन्नी ने कहा, "नमस्कार!" तो नन्दन चौंककर पीछे को घूमा। बिन्नी ने देखा, टी-शर्ट ने उसकी उम्र के दो-तीन साल कम कर दिए हैं।

"सुषमाजी कहां हैं?" उसने सिगरेट को होंठों से निकालते हुए पूछा।

"सुषी नहीं पाई।" और अपनी बात की प्रतिक्रिया जानने के लिए उसने एक क्षण को नन्दन के चेहरे की ओर देखा, पर तभी उसे स्वयं यों अकेला चला पाना बड़ा अजीब-सा लगा। क्या सोचेंगे नन्दन? बात को संभालते हुए बोली, "वह आज आपके लिए एक स्पेशल डिश बनाने के लिए घर पर ही रुक गई।"

"लोजिए, आज तो हमारा फेयरवेल-डिनर है। मुझे ठीक आठ बजे गेस्ट हाउस पहुंच जाना है, वहां सब मेरा इन्तज़ार करेंगे।"

"पर यह तो पहले ही तय हो चुका है कि हम लोग जब भी घूमने का प्रोग्राम रखेंगे, तभी आप खाना हमारे साथ ही खाएंगे। फिर यों भी आज तो आपका आखिरी दिन है।" कहने के साथ ही लगा कि कहीं नन्दन अभी सुषमा के पास जाने का प्रस्ताव न रख दे; पर नन्दन ने केवल इतना ही कहा, "क्या

करता, उन लोगों का बहुत आग्रह था।" और धुआं छोड़ता हुआ नन्दन झील की ओर देखने लगा। बिन्नी ने सोचा, सुषमा के बिना वह क्या बात करेगी नन्दन से ? नन्दन को क्या सचमुच उससे कुछ कहना है ? आज कुछ कहेगा वह ?

"चलिए, हम उसी कच्ची जगह पर चलकर बैठे।" और कहने के साथ ही नन्दन चल पड़ा। बिन्नी चुपचाप उसके बराबर चलने लगी। घाट के आखिरी सिरे पर थोड़ी-सी जगह कच्ची छूट गई है, जहां पानी में पैर डालकर भी बैठा जा सकता है। वह हिस्सा अपेक्षाकृत सुनसान भी है, लोग इस पक्के किनारे पर ही घूमते हैं।

वहां पहुंचकर नन्दन ने जेब से रूमाल निकाला और बिछाकर बोला, "आप इसपर बैठिए।"

"नहीं, मैं वैसे ही बैठ जाऊंगी।" बिन्नी को स्वयं अपना स्वर बहुत मद्धिम लगा।

"अरे वाह, आपकी साड़ी खराब हो जाएगी।" और उसने भरपूर नज़रों से बिन्नी को ऊपर से नीचे तक देखा तो बिन्नी भीतर तक सिमट गई। चन्देरी की हलकी पीली साड़ी का गहरा चटक बैंगनी बॉर्डर और ज़्यादा मुखर लगने लगा। उसे यह साड़ी पहनकर नहीं आना चाहिए था। क्या सोचा होगा नन्दन ने ? वह अपनी ओर से ऐसी किसी बात का संकेत नहीं देना चाहती। अच्छा हुआ, उसने बालों में लगे बैंगनी फूल के गुच्छे को रास्ते में ही निकाल दिया, जो चलते समय सुषमा ने हंसते हुए खोंस दिया था।

खयाल आया, मेरठ में घरवालों से छिपकर जब वह कुंज से मिलने जाया करती थी, तब भी सुषमा इसी तरह अपने घर ले जाकर उसे अपनी चीज़ें पहना दिया करती थी। कुंज हो, नन्दन हो, सुषमा को कोई फर्क नहीं पड़ता शायद। और उसे ?

"आप संकोच मत करिए, बैठ जाइए।" और वह बैठती, उसके पहले ही नन्दन पूरे पैर फैलाकर बड़ी बेतकल्लुफी से बैठ गया। तब बिन्नी रूमाल पर बैठ गई।

"आपकी यह झील मुझे बहुत ही पसन्द पाई। जानती हैं, कल रात को पता नहीं क्यों नींद उचट गई। बहुत कोशिश करने पर भी जब सो नहीं सका तो उठकर यहां चला आया। रात के सन्नाटे में किनारे बैठकर बड़ी ही विचित्र

अनुभूति हुई। अद्भुत।"

और बिन्नी सोच रही थी—नन्दन के नींद न आने का कारण क्या रहा होगा ? रात बारह बजे के करीब सुषमा उससे बातें करके सोई थी, पर वह उसके बाद भी बड़ी देर तक सामने लगे युकलिप्टस के ऊंचे-ऊंचे पेड़ों की कतार में नज़र उलझाए न जाने क्या-क्या गुनती-बुनती रही थी !

अक्सर ही सुषमा जब सो जाती है तो अनचाहे ही कुंज उसके मन में जाग जाता है। आज भी सुषमा की अनुपस्थिति में उसे हलके से कुंज की उपस्थिति का अहसास हो रहा है।

नन्दन एकटक सामने की झील को देख रहा था। इस समय भी क्या वह किसी अद्भुत अनुभूति के क्षणों में से गुज़र रहा है ? झील का पानी एकदम शान्त था और सामने की त्रिभुजाकार पहाड़ियों की पूरी कतार पानी में तैर रही थी।

"आप और सुषमाजी बहुत ही घनिष्ठ हैं न ? दिनेश बता रहे थे।" घनिष्ठ ! बिन्नी को अपने और सुषमा के सम्बन्ध के लिए यह शब्द बहुत ही हलका लगा।

"हूं। मेरठ में हमारे घर लगे हुए थे, सो दोनों परिवार ही यों तो बहुत घनिष्ठ हो उठे थे। फिर हम हमउम्र और साथ पढ़ने वाले। आठवीं से लेकर एम० ए० तक साथ-साथ पढ़े। इसके बाद इसने शादी कर ली और मैंने यहां नौकरी कर ली। शादी के एक साल बाद ही श्यामजी विदेश चले गए दो साल के लिए, तो मैंने आग्रह करके अपने पास यहां बुला लिया। जनवरी में आकर वे इसे भी अपने साथ ही ले जाएंगे।" फिर एक क्षण ठहरकर बोली, "मेरे लिए तो फ्रेण्ड, फिलोसोफर, गाइड सभी कुछ है।" मन में कहीं कौंधा—'पितु-मातु-सहायक-स्वामी-सखा' कुंज कहा करता था।

"इनके जाने से तो आप बहुत अकेली हो जाएंगी ?" और सिगरेट का आखिरी कश खींचकर, जरा-सा आगे को झुककर उसने टोंटे को पानी में उछाल दिया। वह जलता हुआ टुकड़ा 'डुप' से पानी में डूब गया और छोटे-छोटे नामालूम-से वृत्त पानी की सतह पर फैलते ही चले गए। उन वृत्तों को बिन्नी ने भीतर तक उतरते हुए महसूस किया।

"इसमें सन्देह नहीं कि यह जगह बहुत खूबसूरत है, पर हमेशा यहां रहना पड़े तो आदमी शायद बुरी तरह बोर हो जाए। आप को ऐसा नहीं

लगता ?" नन्दन के स्वर की आत्मीयता को भीतर तक महसूस करते हुए उसने कहा, "कोई खास नहीं। अब तो कॉलेज खुल गए। दिन वहां गुज़र जाता है और शाम अपनी झोपडी में या इस झील के किनारे।"

"आप कलकत्ता क्यों नहीं आ जातीं ? वहां दिनेश भी हैं। फिर काम के अलावा और पचास तरह की एक्टिविटीज़ हैं। यहां तो मुझे कुछ भी नज़र नहीं आता।"

बिन्नी ने जानना चाहा कि इस निमन्त्रण के पीछे, इन आग्रह-भरे शब्दों के पीछे कुछ और भी अर्थ लिपटे हैं या नहीं ? क्या नन्दन सचमुच चाहता है कि बिन्नी कलकत्ता चली जाए ?

"मुझे बड़े शहरों की भीड़-भाड़ पसन्द नहीं। शुरू से ही छोटी जगहों पर रही हैं।"

"और कुछ चुप्पी भी हूं, इसलिए सब कुछ चुपचाप अच्छा लगता है।" हंसते हुए नन्दन ने बिन्नी के वाक्य को जैसे पूरा किया तो बिन्नी भी हंस पड़ी।

"सचमुच आप बहुत इण्ट्रोवर्ट हैं। इतना चुप-चुप रहकर दम नहीं घुटता आपका ? इस उम्र में तो आदमी को खूब बोलना चाहिए, खुलकर हंसना चाहिए। नहीं ? सुषमाजी को देखिए, कितना हंसती-बोलती हैं !"

तो वह फिर हलके से मुस्करा दी।

नन्दन ने जेब से दूसरी सिगरेट निकाली और उसे सूलगाकर कुछ सोचते हुए बोला, "अच्छा, एक बात बताइए।" फिर जाने क्या सोचकर रुक गया। आंखों में प्रश्नवाचक भाव आंजे बिन्नी एकटक नन्दन को देखती रही।

"देखिए, कुछ गलत मत समझिए। यों ही मेरे मन में कुछ जिज्ञासा है।"

बिन्नी को अपने हृदय की धड़कन तक सुनाई देने लगी—सीधे ही कुछ पूछ लिया तो ?

"सुषमाजी और श्यामजी के सम्बन्ध तो बहुत अच्छे हैं न ?"

"हां क्यों ?" विस्मय से बिन्नी ने पूछा।

"उन्होंने दुनिया भर की बातें कीं, पर श्यामजी के बारे में पूछने पर ही कुछ बताया, जबकि औरतों के पास बात करने के लिए पति-पुराण के सिवाय और कोई विषय नहीं होता।" और नन्दन हंस पड़ा।

बिन्नी के मन में मुक्ति और हलकी-सी निराशा की भावना एकसाथ ही जागी। "बहुत, बहुत अच्छे हैं। मैंने तो ऐसा डिवोटेड-कपल नहीं देखा।" और कहने के साथ ही उसके अपने भीतर कहीं एक बिखरा स्वप्न कसमसा उठा।

"उनको देखकर तो मुझे भी यही लगता है; पर जब-जब वे मिलीं, उनकी प्रेम और विवाह वाली बातों से लगा, जैसे ये मात्र जिज्ञासाएं नहीं हैं, मानो इनका सम्बन्ध कहीं व्यक्तिगत जीवन से जुड़ा हुआ है।"

एक क्षण को बिन्नी भीतर तक सिहर उठी, पर फिर अपने को सहज बनाती-सी बोली, "उसकी तो आदत है कि किसी बात के पीछे पड़ जाती है तो जब तक उसका रेशा-रेशा न उधेड दे, उसे चैन नहीं मिलता।" और वह मुस्करा दी।

"रियली, शी इज़ ए नाइस लेडी।" फिर सिगरेट के दो कश एकसाथ खींचकर उसने कहा, "ये सोलह दिन कैसे निकल गए, पता ही नहीं लगा। दिनेश ने मुझे कहा था कि खाली समय के लिए यू विल फाइण्ड देम ए गुड कम्पनी..." फिर ज़रा ठहरा। "आप लोगों के साथ बिताए ये दिन याद आएंगे। खास करके झील के किनारे की ये शामें।" "बिन्नी को लगा, जैसे नन्दन का स्वर कहीं दूर से आकर उसके मन की गहराइयों में गूंजता चला जा रहा है और अर्थ हैं कि खुलते चले जा रहे हैं। सुषमा की बात याद आई—'कोई संकेत दे तो पत्थर होकर मत बैठना।' और उसकी तेज़ निगाहें नन्दन के मन तक पहुंचने के लिए छटपटाने भी लगीं; पर नन्दन अपने में ही खोया-सा झील की ओर देख रहा था।

चुप-चुप बिन्नी घुटनों पर ठोड़ी टिकाए, उंगली से ज़मीन पर आड़ी-टेढ़ी लकीरें बनाने लगी।

समय के साथ-साथ उसकी बेचैनी बढ़ने लगी। एक बार उसने उड़ती-सी नज़रों से नन्दन की ओर देखा भी और उसे लगा, जैसे नन्दन शब्द ढूंढ़ रहा है। ऐसा कुछ कहने के पहले शायद आदमी इसी तरह चुप हो जाता है। वह शब्द ढूंढ़ता है, मन ही मन उन्हें दोहराता है, साहस जुटाता है, सामने वाले पर होने वाली प्रतिक्रिया के लिए अपने को तैयार करता है। क्या कहेगा नन्दन ?

"दिनेश आपसे पांच साल बड़े हैं न ?"

"हूं।" मन की खीझ को दबाते हुए उसने कहा।

"बहुत बातें किया करते हैं वे आपकी।" तो बिन्नी का मन हुआ कि पूछे कि भैया उसके बारे में क्या-क्या बातें करते हैं।

"आप पिछले दो सालों से कलकत्ता क्यों नहीं आई ?"

"बस, उधर का प्रोग्राम ही नहीं बना।"

"इस बार क्रिसमस में आइए। उन दिनों कलकत्ता बहुत प्लेज़ेण्ट हो उठता है। देखिए तो, उस शोर-शराबे का भी अपना एक आनन्द होता है। फिर मैं आप लोगों को कतई ऊबने नहीं दूंगा।"

इस आग्रह से बिन्नी कहीं आर्द्र हो उठी। इच्छा हुई, खुलकर कह दे—नन्दन, मैं बहुत-बहुत ऊबी हुई हूं, इस जगह से, इस नौकरी से, इस ज़िन्दगी से; पर वह कुछ नहीं कह पाई, केवल कुछ और सूनने की आशा से नन्दन की ओर देखती रही।

देखते ही देखते अंधेरा आसमान से उतरकर सबको धूमिल बनाता हुआ पानी में घुल गया और उसने झील में तैरते हुए पहाड़ों को निगल लिया। तभी एकाएक घाट की सारी बत्तियां जल उठीं और झील में एक सिरे से दूसरे सिरे तक सुनहरी खम्भे झिलमिलाने लगे।

"बिन्नीजी" उसे लगा, जैसे नन्दन का हाथ उसके कंधे पर आ गया है। उसने चौंककर देखा—नहीं, नन्दन वैसे ही दोनों फैली हुई हथेलियां पीछे टिकाए बैठा है। उसने साड़ी का पल्ला खींचकर अपना कंधा ढक लिया। उसे ऐसा क्यों लगा ? नन्दन को क्या एक बार भी खयाल नहीं आया कि यह भी तो एक तरीका हो सकता है।

अभी कुंज होता तो ?

"आप बुरा न मानें तो मैं यहां थोड़ी देर लेट लूं ?" और बिन्नी कुछ कहती, उससे पहले ही बिना उससे पूछे उसने बिन्नी का पर्स उठाया और उसका तकिया बनाकर चित लेट गया।

बिन्नी को हलकी-सी निराशा हुई। क्या वह कुछ देर और बात नहीं कर सकता था ? पर साथ ही वह आश्वस्त भी हुई। वह लौट चलने की बात भी तो कह सकता था। नहीं, वह लेटकर शायद अपने को साध रहा है। बिन्नी को भी समय दे रहा है। हो सकता है कि इस बार उठकर साफ-साफ ही पूछे। बिन्नी ने

ज़रा-सा सिर घुमाकर नन्दन की ओर देखा—छाती पर दोनों हाथों का क्रॉस बनाए, आंखें बंद किए नन्दन चित लेटा था। एक झटके से सारा दृश्य बदल गया...

रीगल के सामने के मैदान का ऐसा ही अंधेरा कोना था और ठीक इसी तरह मुंह पर रूमाल डाले कुंज लेटा था। मुड़े हुए दोनों घुटनों को बांहों से घेरकर उसपर गाल टिकाए बिन्नी बैठी थी।

दुविधा के ऐसे ही क्षण उन दोनों के बीच से भी गुज़र रहे थे। कनॉट प्लेस की सारी चहल पहल से अछूता उसका मन इस बात पर केन्द्रित हो आया था कि कुंज क्या कहेगा ? बात टूटी भी तो ऐसी जगह थी कि...

"बिन्नी, झगड़ा किया तो तीन साल तक मुड़कर खबर तक नहीं ली। मैंने लिखा कि तुम यदि मुझसे संबंध नहीं रखना चाहती हो तो मेरे सारे पत्र लौटा दो और तुमने बिना एक क्षण भी यह सोचे कि मुझपर उसकी क्या प्रतिक्रिया होगी, सारे पत्र लौटा दिए। मैंने भी समझ लिया कि तुमने पत्र नहीं, मेरी सारी भावनाएं, मेरा सारा प्यार मुझे लौटा दिया। उस समय मेरे पास था ही क्या ? बेकार, निठल्ला-सा घूमा करता था...तुमने सोचा होगा, कौन लड़की मुझ जैसे व्यक्ति की जिंदगी में आना पसंद करेगी—बेकारी की मुसीबतों और परेशानियों से भरे वे दिन और ऊपर से तुम्हारा यों कटकर निकल जाना! कितना टूटा-टूटा लगता था उन दिनों मुझे ! कितना अकेला हो आया था उन दिनों मैं ! और ऐसे में ही मधु जो आई तो बस, आती ही चली गई।"

बिन्नी कुछ नहीं बोली थी। केवल उसकी आंखों से आंसू बहते रहे थे। कुंज उन आंसुओं के सामने जैसे बह-सा आया था। "अच्छा बिन्नी मान लो, मैं अपनी जिंदगी के इन दो सालों को पोंछ दूं और फिर तुम्हारी ओर हाथ बढ़ाऊं तो ? पहले की तरह फिर छोड़कर तो नहीं चल दोगी न ? मैं कहीं का भी नहीं रहूंगा।"

"अपनी ही बिन्नी पर तुम्हें विश्वास नहीं ?" भीगे-से स्वर से वह केवल इतना ही कह पाई थी। फिर पूछा था, "पर मधु का क्या होगा ?"

"उसे समझाऊंगा। उसे समझाना ही होगा।" कहीं दूर खोया हुआ कुंज बोल रहा था। फिर एकाएक ही फूट पड़ा, "पर क्या समझाऊंगा ? उसका दोष ही क्या है, जो उसे इतनी बड़ी सज़ा दूं ?"

और वह मुंह पर रूमाल डालकर घास पर चित लेट गया था। बिन्नी निःशब्द रोती रही थी। कनॉट प्लेस का सारा माहौल अपनी रफ्तार से पूरे शोर-शराबे के साथ गुज़र रहा था।

थोड़ी देर बाद ही कुंज झटके से उठा था और उसका हाथ अपने हाथ में लेकर बोला था, "व्ही आर मैरिड बिन्नी, व्ही आर मैरिड !"

बिन्नी अवाक्-सी उसका मुंह देखती रही थी, मानो उन शब्दों का अर्थ समझने की कोशिश कर रही हो। और तब कनॉट प्लेस की सारी लाल-नीली जगमगाती बत्तियां उसके चारों ओर सिमट आई थीं और आसमान के सारे तारे दिप्दिप् करके उसी वाक्य को दोहराने लगे थे।

पर ठीक एक महीने बाद ही—

वह औंधी लेटकर रो रही थी, फूट-फूटकर और बिलख-बिलखकर और सुषी गुस्से में बावली हो, हवा में मुट्ठियां उछाल-उछालकर चिल्ला रही थी—'झठा, नीच, धोखेबाज़!

विवाह की सूचना देते हुए कुंज के पत्र के टुकड़े इधर-उधर छितरे पड़े थे।

"अब चला जाए।"

अपने में ही डूबी बिन्नी नन्दन का उठना जान ही नहीं सकी, पर इस वाक्य ने उसे जैसे कहीं गहरे पानी में से उबार लिया। अनायास ही उसके हाथ आंखों पर चले गए, कहीं आंसू तो नहीं आ गए ?

"यहां लेटा तो समय का कुछ खयाल ही नहीं रहा। वहां खाने पर सब लोग मेरा इंतजार कर रहे होंगे !" खड़े होकर कमीज़ और पतलून झाड़ते हुए नन्दन ने कहा।

तब बिन्नी को खयाल आया, नन्दन को कुछ कहना था। वह आशा कर रही थी कि नन्दन कुछ कहेगा। उसने बड़ी याचना-भरी दृष्टि से देखते हुए कहा, "इंतज़ार तो सुषमा भी कर रही होगी।" और अनमनी-सी बिन्नी उठी।

"मुझे बहुत-बहुत अफसोस है, क्या करूं, आप मेरी ओर से माफी मांग लीजिए। उनसे तो गुडबाई भी नहीं हो सकी।"

बिन्नी घाट पर फैली रोशनी में धीरे-धीरे सरकती दोनों परछाइयों को

देखती-देखती आगे बढ़ रही थी। ज़रा-सा आगे-पीछे होने पर दोनों परछाइयां एक-दूसरे में घुल-मिल जाती, तो उसका मन जाने कैसा-कैसा होने लगता।

घाट की अंतिम बत्ती के नीचे नन्दन ने घड़ी देखी। "आठ बीस।" फिर क्षमा-याचना के स्वर में बोला, "आज तो मैं आपको छोड़ते हुए भी नहीं जा सकूंगा। रात हो गई है, आप अकेली..."

"मेरी चिंता मत कीजिए, मैं चली जाऊंगी। खेत पार करके ही तो सड़क मिल जाएगी। शायद कोई तांगा ही मिल जाए।"

दोनों कच्चे रास्ते पर आए तो नन्दन ने जेब से टॉर्च निकालकर जला ली, "आपके पास टॉर्च भी नहीं है ? खेत का यह रास्ता तो बड़ा उबड़-खाबड़ है। न हो तो आप मेरी टॉर्च ले जाइए।"

"नहीं-नहीं, आप ज़रा भी परेशान न हों। तीन सालों में इस रास्ते से बहुत परिचित हो गई हूं। मुझे आदत है।"

और जहां दोनों के रास्ते अलग होते थे, नन्दन रुका। "अच्छा, बिन्नीजी, अब आप कलकत्ते आएंगी तभी मुलाकात होगी। सवेरे तो बहुत जल्दी ही हमको रवाना होना है। मिलने भी नहीं आ सकूंगा। सुषमाजी को नमस्कार कहिए और मेरा निमंत्रण उन तक भी पहुंचा दीजिए।" फिर एक क्षण ठहरकर बोला, "धन्यवाद तो क्या दूं, फिर भी आप लोगों के साथ समय बहुत अच्छा कटा।"

बिन्नी चुपचुप बस नन्दन के चेहरे को देखने की कोशिश करती रही। "अच्छा, बाई-बाई," और उसने बिन्नी का हाथ अपने हाथ में लेकर हलके से दबाकर छोड़ दिया।

किसी तरह शब्दों को ठेलकर उसने कहा, "भैया-भाभी को याद करिएगा।"

"ज़रूर-ज़रूर।" और वह मुड़ गया।

बिन्नी पेड़ की आड़ में खड़ी होकर उसको देखती रही। अंधेरे में नन्दन की आकृति एक बड़े-से धब्बे में बदल गई, जो धूमिल और छोटी होते-होते पेड़ों के झुरमुट में अदृश्य हो गई।

ऊंचाई

दोनों में से शायद कोई भी नहीं सोया था; हां, उनके बीच का प्यार और अपनत्व सो गया था, सो ही नहीं गया था, शायद मर गया था। एक ही पलंग पर दोनों के शरीर पास-पास लेटे थे, पर मन के बीच एक अनन्त दूरी आ गई थी। शिवानी के मन में कहीं बहुत गहरे एक टीस अवश्य थी, पर ऊपर की उस जड़ता को क्या करे, जो उस टीस का पूरी तरह एहसास भी न होने देती थी, जिसके नीचे अतीत, वर्तमान और भविष्य सभी कुछ इस प्रकार मिल-जुल गए थे कि वह तीनों को अलग-अलग करके देख ही नहीं पाती। आठ वर्ष के सुखद विवाहित जीवन की मधुर घड़ियां, किसी भी क्षण टूट जाने वाला वर्तमान का यह तनाव और अनिश्चित भविष्य का अंधकार उसे न कहीं से पुलकित कर रहा था, न खिन्न, न भयभीत। हां, कल सारे दिन उसने यह प्रतीक्षा अवश्य की थी कि शिशिर उससे कुछ बोलेगा, उसे डांटे-फटकारेगा, सफाई मांगेगा या अपने इस तरह एकाएक चले आने पर पश्चात्ताप करता हुआ समझौता कर लेगा। बीस घंटे की रेल-यात्रा में उसने आपस में होने वाली बातों की अनेकानेक कल्पनाएं की थीं, पर इस जटिल गांठ को न खोल पा सकने वाली ये चन्द औपचारिक बातें, यह असह्य तनाव तो अप्रत्याशित ही था।

और जब रात आई तो शिवानी को लगा कि शायद इस रात के खामोश सन्नाटे में ऐसा कुछ होगा, जिसकी वह सारे दिन से प्रतीक्षा करती आई है। बिना एक शब्द भी बोले केवल देह की निकटता और स्पर्श, ये शब्द दोनों को कहीं इतना पास ले आएंगे कि सारे तनाव ढीले हो जाएंगे और मन का सारा

मैल आंसुओं में बह जाएगा, पर वैसा भी कुछ नहीं हआ। पास लेटे शिशिर के शरीर की हर हरकत ने पहले उसके मन में आशा जगाई और फिर क्षोभ। और जैसे-जैसे समय बीतता गया, शिवानी के मन की सारी कोमलता कठोरता और जड़ता में बदलती चली गई और उसे लगने लगा, जैसे वह कुछ भी महसूस करने में असमर्थ हो उठी है।

बिस्तर पर लेटे रहना जब असह्य हो गया तो वह उठी, कन्धे पर शॉल और पैरों में चप्पल डालकर बाहर निकल गई। बीतते नवम्बर के कोहरे का धुंधलका चारों ओर छाया हुआ था। बड़ा-सा बगीचा, चारों ओर लम्बे वृक्ष और छोटी झाड़ियां ओस में भीगी और अंधेरे में डूबी खड़ी थीं। मन की शून्यता को और गहरा देने वाला सन्नाटा था। उसने समय का अन्दाज़ लगाना चाहा, पर लगा नहीं पाई। हां, पूर्व की ओर, कोहरे को चीरकर सफेदी की हलकी-सी आभा ज़रूर झलक मार रही थी। उसने शॉल को अच्छी तरह अपने चारों ओर लपेटा और चार सीढ़ियां उतरकर लाल बजरी की सड़क पर आ गई। अंधेरी सड़क पर पेड़ों की ख़ामोश, उदास छायाएं गहरे काले रंग के धब्बों के रूप में फैली-बिखरी पड़ी थीं। चलकर वह फाटक के पास बने कुएं पर आ गई। कुछ देर इधर-उधर देखती वहीं खड़ी रही, फिर उसीकी जगत पर बैठ गई। हवा की ठंडक और नमी से धीरे-धीरे उसकी जड़ता गलने लगी और सबसे पहले उसके मन में आया, वह यहां क्यों आई ?

पन्द्रह दिन पहले शिशिर बिना कुछ बोले-सुने यहां चला आया था। उस दिन उसका मन हुआ था कि दोनों बांहों से पकड़कर शिशिर को रोक ले, पर कहीं से वह इतनी अवश हो उठी थी कि उससे हिला तक न गया। जाने का प्रसंग, जाने का ढंग, जैसे सब चीख-चीखकर उसे बता रहे थे कि शिशिर केवल उसके घर से ही नहीं, उसके जीवन से भी जा रहा है; पर वह थी कि न इसे समझ पाई, न स्वीकार पाई। मिलकर बिताए हुए सुख-दुःख के आठ साल क्या इस तरह झुठलाए जा सकते हैं ? और फिर जो कुछ हो गया, वह क्या इतनी बड़ी बात थी, जिसके लिए यह सम्बन्ध टूट जाए ? कितना गहरा था उनका यह सम्बन्ध और कितनी गहरी आस्था थी उस सम्बन्ध के प्रति ! उस आस्था ने ही तो उससे बिना किसी दुविधा-संकोच के

वह सब करवा लिया था, जो किसी भी नारी के लिए असंभव है। शिशिर के जाने के बाद के पन्द्रह दिन कितने अनमने और उदास-से बीते थे, पर यह तो कभी नहीं लगा था कि वह आएगा नहीं। यह आशंका मन में आती और निकल जाती, दो क्षण को भी तो जम नहीं पाती थी। यों तो दोनों में कितनी ही बार लड़ाई होती थी, कई दिन तक बोलचाल बन्द रहती थी, पर जिस दिन समझौता होता, वे दोनों कहीं और ज़्यादा पास आ जाते। हर बार झगड़ा उन्हें निकट से निकटतर ही लाया था और इसीलिए जिस दिन उसे शिशिर का पत्र मिला था कि '२५ तारीख की गाड़ी पकड़कर २६ को राजगिरि पहुंचो, मैं स्टेशन पर तुम्हारी प्रतीक्षा करूंगा,' तो एकाएक ही उसके मन का सारा बोझ हलका हो गया था। एक बार भी उसके मन में नहीं आया कि इस बार की घटना, इस बार का कारण पहले से बिलकुल भिन्न है, इसलिए इसका परिणाम भी भिन्न ही होगा। २६ को जब वह दो डिब्बों की ट्रामनुमा गाड़ी से राजगिरि स्टेशन पर उतरी तो शिशिर खड़ा था। देखकर यह ज़रूर लगा था कि पन्द्रह दिन में जैसे शिशिर कहीं से बहुत बदल गया है—इतना कि पहचानने में भी तकलीफ-सी हुई थी।

कहीं दूर से भोजपुरी गीत की एक कड़ी हवा की लहरियों पर थिरकती हुई आई और मन के सारे तारों को झनझना गई। शिवानी की इच्छा हुई कि पास बैठकर कोई बहुत ही दर्दनाक गीत उसे सुनाए। पता नहीं, कौन दूर ही दूर से गाता हुआ चला गया।

वह आज ही वापस लौट जाएगी। जो कुछ हुआ है, उसे स्वीकार कर लेने में ही सार है। निश्चय उसने कर लिया, पर अपने निश्चय के परिणाम की, अपने भविष्य की कोई भी तस्वीर उसके मन में नहीं उभरती थी। शायद अभी भी मन की आस्था ने कल्पना को जकड़कर निश्चेष्ट बना रखा था। एक ठण्डी निःश्वास के साथ उसकी आंखें छलछला आई।

अतुल इस बात को जानेगा तो कितना दुखी होगा, अपने को कितना-कितना कोसेगा और साथ ही एक बड़ी अजीब-सी बात उसके मन में आई—'मान लो, भावावेश में आकर वह कह दे, मेरे कारण, मेरी जरा-सी खुशी के कारण तुमने अपने को बर्बाद कर लिया शीनू, अब...अब मुझे बनाने का

अवसर और अनुमति भी दो...'

पास की झाड़ियों के पत्तों को हलके-से सरसराता, कंपकंपाता शीतल हवा का एक झोंका निकल गया। शिवानी ने सिर ढक लिया, उसे कानों पर बड़ी सर्दी लग रही थी।

आंखों की तराइयां घनी हो उठीं और पलकों की कगारों के बीच आंसू उमड़-उमड़कर पाने लगे...और वे क्षण...

पानी, चारों ओर पानी। उमड़ता-घुमड़ता, लहराता समुद्र। प्रिटी रेत में खेल रहा था और वह बड़े अनमने भाव से समुद्र के वक्षस्थल पर उठती-गिरती लहरों को देख रही थी। उसका मन बेहद उदास था। शिशिर हमेशा इसी तरह प्रोग्राम बिगाड़ता है। व्यर्थ ही वह अकेली चली आई, उसे शिशिर के साथ ही आना चाहिए था। अब वह यहां नहीं ठहरेगी। एक महीने को ही तो प्रिटी घर आया है, और वह महीना सबको साथ ही बिताना चाहिए। दो दिन में ही वह लौट जाएगी। सांझ खूब गहरा आई, तट निर्जन हो गया और समुद्र का पानी अंधेरा घुल जाने के कारण काला हो गया तो, प्रिटी का हाथ पकड़कर वह लौट पड़ी थी।

अचानक अपना नाम सुनकर वह चौंकी और जब मुड़कर देखा तो सामने खड़े व्यक्ति को पहचानने में उसे दो मिनट लग गए थे। पर जब पहचाना तो बेहद आश्चर्य में लिपटा स्वर निकला था, "अरे अतुल ? यहां कैसे ?"

"मैं बड़ी देर से तुम्हें बैठा हुआ देख रहा था, पर पता नहीं, क्या सोचकर पास नहीं आया। जब तुम जाने लगी तो लगा कि अभी भी बात नहीं करूंगा तो फिर तुम्हारा पता पाना भी मुश्किल हो जाएगा। ठहरी कहां हो ?" अंधकार में तीनों धीरे-धीरे चलते जा रहे थे।

"पुरी होटल में। तुम कहां ठहरे हो ?"

"रामकृष्ण मिशन वालों का एक मठ है, उसी में रहने की व्यवस्था कर ली है। बच्चे को लेकर अकेली आई हो ?"

"हां।" और वह सोचने लगी कि क्या प्रिटी की शक्ल उससे इतनी ज़्यादा मिलती है कि उसे उसका बच्चा ही माना जाएगा ?

और होटल आया, उसके पहले ही दोनों को लगा कि अब बात करने के लिए कुछ रह ही नहीं गया है। शिशिर के न आने से वह यों ही उदास हो रही थी, कुछ भी करने को मन नहीं कर रहा था, फिर ग्यारह साल के अन्तराल में वह सब कुछ भूल भी तो गई थी। समझ ही नहीं पा रही थी, क्या बात करे। उसके दिमाग में कोई भी पुरानी बात तो नहीं उभर रही थी। होटल आ गया तो एक क्षण को ठिठकी, फिर बोली, "चलो, कुछ देर बैठकर जाना।"

पर स्वर की उदासी से स्पष्ट ही था कि ये केवल शब्द-भर ही हैं, इनमें ठहरने का कोई आग्रह नहीं। अतुल भी समझ गया।

"नहीं, ठहर तो नहीं सकूंगा।"

"आप अकेले ही हैं न ?" पता नहीं क्या जानने के लिए शिवानी ने पूछा।

"हां।"

"तो कल सवेरे चाय पीने इधर ही आइए।" और फिर उसे खुद ही बड़ा विचित्र लगा। अगर वह अकेला नहीं होता तो वह उसे नहीं बुलाती ?

"आप ज़रूर आइए, परसों शायद मैं वापस लौट जाऊंगी।"

"अच्छा, आऊंगा।"

दूसरे दिन जब अतुल आया तो पहले दिन की उदासी और औपचारिकता समाप्त हो चुकी थी। सारे दिन दोनों साथ रहे, तीसरे दिन भी शिवानी नहीं गई और अतुल उसके होटल में ही रहा। ग्यारह साल के अनुभवों को दोनों ने एक बार फिर से दोहरा दिया और हंसती हुई शिवानी बोली, "कहते हैं, दुनिया बहुत बड़ी है; पर देखती हूं, दुनिया है काफी छोटी। देखो न, घूम-फिरकर हम लोग आखिर मिल ही गए। हां, मिल तो गए और...'

अतुल हंसा, पर उसकी हंसी में कहीं दर्द था, मानो कह रहा हो, 'जब सब कुछ समाप्त हो ही गया हो, तब मिलना न मिलना बराबर ही है।'

एक क्षण को शिवानी की आंखें उसके चेहरे पर स्थिर होकर जम गईं—क्या अतुल के मन में कहीं कुछ दुःख है ?

"सुनो, तुम मेरे साथ कलकत्ता चलो। शिशिर तुमसे मिलकर बहुत प्रसन्न होंगे। नाम से तो वे तुम्हें जानते ही हैं। शादी के बाद ही मैंने उन्हें सभी कुछ बता दिया था। बोलो, चलोगे ?"

"नहीं, कलकत्ता जाकर क्या करूंगा ? तुम्हारे शिशिर बाबू को खुश करने के लिए वहां तक चला चलूं, इसमें भी कोई तुक हुई भला!"

प्रिटी के बाल बनाते-बनाते ही शिवानी ने कहा, "शिशिर के प्रति तुम्हारी इस अरुचि का कारण जान सकती हूं ?"

"जिस व्यक्ति को मैं जानता नहीं, उसमें रुचि-अरुचि का प्रश्न ही नहीं उठता।"

"ईर्ष्या तो नहीं है ?" एक हाथ में कंघा और दूसरे में प्रिटी की ठोड़ी को पकड़े हुए उसने अतुल के मन में पैठने का प्रयत्न करते हुए पूछा।

"ऐसे घूर-घूरकर क्या देख रही हो ? हो भी तो कोई अस्वाभाविक नहीं है।" अतुल हंसा। अतुल की हंसी कितनी बदल गई है! और शिवानी के सामने ग्यारह साल पहले के अतुल के हंसते हुए अनेक चेहरे उभर गए।

"जो व्यक्ति स्वेच्छा से अपनी वस्तु को छोड़कर दो साल तक उसकी कोई खबर भी नहीं ले, उसे ईर्ष्या या शिकायत करने का कोई अधिकार नहीं है।"

"शिकायत तो मैंने नहीं की। अधिकार-अनधिकार की अपनी सीमाएं भी मैं जानता हूं शीनू, तुम्हें बतानी न होंगी।"

अतुल कलकत्ता नहीं गया, पर जब शिवानी कलकत्ता के लिए रवाना हुई तो उसने वायदा किया कि जुलाई में जब वह प्रिटी को उसके स्कूल छोड़ने के लिए जाएगी तो एक दिन के लिए अवश्य इलाहाबाद रुकेगी।

ट्रेन चल पड़ी तो शिवानी इस आकस्मिक मुलाकात के संयोग पर ही सोच रही थी। अतुल के एकाकी जीवन के प्रति उसके मन में हलके-से दर्द का एहसास भी था और संतोष का भी...पर वैसा तो कुछ भी नहीं हुआ था इस मुलाकात में कि त्रिकोण की कोई समस्या आती। आठ साल का सुखी जीवन बिताकर, दो बच्चों की मां होकर ऐसी किसी स्थिति की संभावना से भी वह कितनी दूर जा चुकी है, इसे वह खूब अच्छी तरह समझती थी।

"लो, तुम्हारे मित्र साहब का पत्र भी आ गया।" हलके पीले रंग का लिफाफा पकड़ाते हुए शिशिर ने मज़ाक किया था। शिवानी को लगा, चेहरे

पर लिपटी हंसी स्वर के बिखराव को छिपा नहीं सकी है। वह एक क्षण को रुकी, गौर से शिशिर के चेहरे को देखा तो बड़ा नामालूम-सा आघात उसके मन पर लगा। फिर भी उसने बड़े सहज-स्वाभाविक ढंग से पत्र लेकर पढ़ा और वापस लिफाफे में डाल दिया। पति के मन में उठी हलके-से संशय की कोर को मिटाने के लिए उसने एक बार भी यह नहीं कहा कि 'लो, पढ़कर देख लो कि क्या लिखा है।'

सन्देह उठे ही क्यों ? और यदि अकारण ही सन्देह उठता है तो फिर ऐसे शंकालु व्यक्ति को थोड़ा-सा कष्ट सहना ही चाहिए।

पर उस दिन जो सन्देह का बीज उगा, उसने शिवानी से कहीं कुछ गलत करवा ही लिया, इस बात का अनुभव उसे कुछ पन्द्रह दिन पहले हुआ। फिर भी, ज़रा-से ठंडे दिमाग से सोचो तो सारी बात कितनी तुच्छ है...और फिर शिशिर के लिए, जिसने नैतिकता, प्रेम, विवाह, सेक्स सबको नापने के लिए अपने अलग गज बना रखे थे। एक ही बार नापने का मौका आया तो गज़ छोटा पड़ गया।

"यहां सर्दी में क्यों बैठी हो ?' शिवानी चौंक उठी। ओस की उजली आभा चारों ओर फैल चुकी थी, उसे पता नहीं लगा। उसने शिशिर की ओर देखा।

"भीतर चलो।" बाहर की सर्दी से भी ज़्यादा सर्द शिशिर का स्वर था। शिवानी कुछ बोली नहीं, चुपचाप शिशिर के पीछे हो ली।

"बिना नहाए ही नाश्ता करके चलते हैं। पहले पहाड़ चढ़ेंगे, फिर उतरकर वहीं गरम पानी के सोतों में नहाकर लौट आएंगे।"

जब चले तो बड़ी सुहानी धूप बिखरी पड़ी थी और चारों तरफ का सभी कुछ एक अजीब निखार के साथ चमक रहा था।

"यह विपुलाचल है।" सामने के पहाड़ की ओर संकेत करके शिशिर ने बताया तो शिवानी ने गर्दन ऊंची करके और पलकों को कपाल पर चढ़ाते हुए उसकी ऊंचाई को नापने का प्रयत्न किया।

"पहले इसीपर चढ़ेंगे। जैनियों का तो यह तीर्थ-स्थान है। ऊपर जैन-मन्दिर भी है।"

"चलिए।" इस अतिरिक्त आदर से अगली बात शिशिर के गले में ही अटक गई।

पहाड़ पर मार्ग के नाम पर एक पतली-सी पगडंडी बन गई थी, हालांकि उसका रास्ता भी चारों ओर के झाड़-झंखाड़ से काफी बीहड़-सा ही था, फिर भी जहां चढ़ाई एकदम सीधी थी, वहां पत्थर डाल-डालकर चढ़ने के लिए सीढ़ियां-सी बना रखी थीं। शिशिर ने पगडंडी पर दो कदम रखे ही थे कि शिवानी ने कहा, "पगडंडी से क्या चढ़ना, यहां से तो सभी चढ़ते हैं। चढ़ना ही है तो इस जंगली रास्ते से चढ़ो।" और वह जहां की तहां खड़ी रही। कहा भी उसने ऐसे ही था, मानो बस कह दिया, कोई सुने न सुने।

शिशिर के पैर थम गए...पीछे घूमा और धीरे से बोला, "पगडंडी से भी चढ़ाई बहुत ऊबड़-खाबड़ है, बिना पगडंडी के तो आधा रास्ता भी तय नहीं होगा।"

शिवानी कुछ नहीं बोली, बस, चढ़ना शुरू कर दिया। चप्पल उसने हाथ में ले ली थी और हाथ टेकती, झाड़ियों से अपने को बचाती-बचाती वह चढ़ रही थी और उसे कभी मसूरी की याद आ रही थी, जहां कैम्टी फॉल पर चढ़ते समय दोनों हाथ पकड़कर चढ़ रहे थे, तो कभी वह दिन याद आ रहा था, जब चार महीने पहले प्राया हुआ पत्र लेकर शिशिर ने उससे पूछा था, 'जो कुछ इसमें लिखा है, वह सच है ?'

शिवानी एक क्षण को विमूढ़-सी उसे देखती रही थी...यह पत्र इसने कहां से निकाला ? और फिर बिना तनिक भी सहमे या स्वर को कंपाए सहज भाव से कहा था, 'सच न होता तो लिखता ही क्यों ?' और इसके बाद वह तैयार हो गई थी कि शिशिर घर में तूफान मचा देगा, चीज़ें उठा-उठाकर फेंकेगा...अपने और उसके बाल नोचेगा...भिंची हुई मुट्ठियों को हवा में उछाल-उछालकर चीखेगा-चिल्लाएगा...पर वैसा कुछ भी नहीं हुआ था। वह चुपचाप अंदर गया था और दो घंटे बाद उठकर उसने सूटकेस में अपने कपड़े रखे और बिना एक शब्द भी बोले घर से निकल गया था।

मौन भाव से शिवानी सब कुछ देखती रही थी। बड़ी ज़ोर से उसका मन हो रहा था कि दोनों बांहों से पकड़कर उसे बिठा दे और सारी बात समझा दे, पर बात गले में ही अटककर रह गई, जब सीढ़ियां उतरा, तब भी रोक नहीं पाई। जाने कैसी विवशता से जकड़ी बैठी रही!

शिशिर का यह सुलगता गुस्सा, यह मौन गृह-त्याग, सब कुछ उसे बड़े स्वाभाविक लगे थे, पर साथ ही अपने को भी वह एक क्षण तक के लिए अपराधी नहीं मान पाई थी। आखिर उसने ऐसा कौन-सा बड़ा पाप कर दिया ?

उसके बाद वे उदास, अनमने पंद्रह दिन भी एक-एक करके उसकी आंखों से गुज़र गए। इन दिनों उसने अतूल को एक भी पत्र नहीं लिखा। कुछ भी करने को तो मन नहीं होता था। कहीं से वह बड़ी निर्जीव और पंगु हो उठी थी।

ऊपर पहुंचे तो रास्ते का झाड़-झंखाड़ समाप्त हो चुका था और चौड़ी समतल भूमि थी, जिसके बीच में मंदिर बना हुआ था। मंदिर इस समय बंद था, पर जालीदार दरवाज़ों में से भगवान की संगमरमर की मूर्ति दिखाई दे रही थी और चंदन, केसर और अगर की मिली-जुली सुरभि हवा के साथ ही साथ चारों ओर लहरा रही थी। पता नहीं वहां क्या था कि एक बार सब कुछ भूलकर उसका मन उसमें ही बंधकर रह गया। सारा शहर वहां से दिखाई दे रहा था—धूप में चमकता हुआ शहर। यों शहर के नाम पर वहां कुछ नहीं है, फिर भी पता नहीं ऐसा क्या था कि मन की सारी उदासी के बावजूद उसे सब कुछ अच्छा लग रहा था। थोड़ी दूर पर ही एक पत्थर की बेंच बनी हुई थी, वह धीरे-धीरे जाकर उसीपर बैठ गई। चढ़ाई के कारण सांस उसकी फूल रही थी और पैरों में दर्द हो रहा था। फिर भी चढ़ते समय मन में एक बोझ का एहसास हो रहा था, वह यहां आकर जैसे समाप्त हो गया।

उसने बिना देखे ही जान लिया कि शिशिर भी उसके पास आकर बैठ गया है। धूप में पड़ती उसकी प्रतिच्छाया के समानान्तर ही एक छाया और लेट गई थी।

"शिवानी!" आठ साल बाद उसने पहली बार शिशिर के मुंह से अपना पूरा नाम सुना। उसकी दृष्टि शिशिर के चेहरे पर स्थिर हो गई। बड़े विवश-से भाव से उसने दोनों हाथों को मसलते हुए कहा, "मेरी कुछ भी समझ में नहीं आ रहा है कि आखिर बात कहां से शुरू करूं। सच ही तो है, जो बात समाप्त ही हो गई हो, उसे कोई भला शुरू भी कहां से करे ?"

शिवानी उसी तरह अपलक नेत्रों से उसकी ओर देखती रही, मानो विश्वास करने का प्रयत्न कर रही हो कि क्या बात सचमुच ही समाप्त हो गई ?

"देखो, उस दिन आवेश में बिना कुछ कहे मैं चला आया और पिछले पंद्रह दिन से मैं यहां एक तरह से अपने से लड़ ही रहा हूं। कई तरह से अपने को समझाने का प्रयत्न किया, पर हर बार यही लगा कि बात जैसे बहुत-बहुत आगे पहुंच चुकी है, पीछे लौटने की तो कोई भी राह अब बची नहीं। इसी बात पर आश्चर्य होता है कि अपनी छोटी से छोटी बात को भी यों निर्द्वन्द्व भाव से मुझसे कह देने को आतुर तुम, इतनी आगे बढ़ गईं और मैं जान भी नहीं पाया।"

एकाएक ही शिशिर का स्वर भीग उठा, "दोहरी चोट तुमने मुझपर की—एक ओर बेवफाई, तो दूसरी ओर धोखा, छल..."

"तुम विश्वास कर सकते हो कि मैं तुम्हारे साथ धोखा कर सकती हूं, तुम्हें छल सकती हूं ?" बीच में ही बात काटकर शिवानी ने पूछा। उसकी आंखों की कोर नम हो उठी थी।

"किस आधार पर अविश्वास करूं, कौन-सा कारण है, जो विश्वास न करूं—तुम अपना शरीर तक एक पुरुष को दे आईं और कैसे इतनी बड़ी बात को पचाकर बड़े स्वाभाविक ढंग से चल पड़ीं ?" आवेश में शिशिर की मुट्ठियां भिंच गईं, पर स्वर उसका बेहद निर्जीव था...शब्द जैसे उसके गले से निकल नहीं रहे थे।

"शरीर देने के बाद औरत के लिए अस्वाभाविक हो जाना क्या अनिवार्य ही है ? और छिपाने के पीछे भी तुम्हें धोखा देने या छलने का उद्देश्य कतई नहीं था। सिर्फ इसलिए छिपाया था कि तुमसे सहा नहीं जाता, तुम बहुत कष्ट पाते। अतुल के पत्रों से ही तुम कहीं कचोट का अनुभव करते थे।"

"पर मुझे कष्ट हो या जिसे मैं सहन नहीं कर पाऊं, ऐसा काम ही तुमने क्यों किया ? क्यों किया तुमने ऐसा काम ?"

ऊपर हवा ज़्यादा ठंडी थी। चढ़ाई के कारण जो पसीना चेहरे पर चमक आया था, वह सूख गया था और शरीर की गर्मी भी हवा की ठंडक के साथ बह गई थी। शॉल को अपने चारों ओर अच्छी तरह लपेटते हुए शिवानी ने धीरे से कहा, "जैसी स्थिति थी, उसमें लगा कि यदि वह नहीं करूंगी तो मुझे बहुत कष्ट होगा। अपना दायित्व पूरा न कर पाने के कारण शायद मैं अपने को कभी क्षमा नहीं कर पाऊंगी। विश्वास करो शिशिर, जो कुछ भी किया, तुम्हें कष्ट देने के लिए नहीं, अपने को कष्ट से बचाने के लिए किया। और तुम्हें

कष्ट न हो, इसीलिए तुम्हें कुछ बताया नहीं, विश्वासघात की बात तो मेरे मन में भी नहीं थी।"

"अपनी हर बात को बड़े कौशल से जस्टिफाई करने से ही कोई गलत बात सही नहीं हो जाती है शिवानी!" फिर आरी की तरह फंसी हुई दोनों हाथों की उंगलियों को झटके से अलग करके सारी बात को समाप्त करने के अंदाज़ में उसने कहा, "कष्ट से बचाया, इसके लिए शुक्रगुज़ार हूं और सोचता हूं, इसपर अधिक बहस न करके तुम्हें भी अधिक कष्ट न दूं, इसलिए हमेशा के लिए अपने से मुक्त ही कर दूं। यों यह बात मैं तुम्हें लिखकर भी बतला सकता था, पर जाने क्यों लगा कि जिस तरह विवाह के लिए दोनों की उपस्थिति अनिवार्य है, वैसे ही विच्छेद के समय भी दोनों को ही उपस्थित रहना चाहिए।"

आंसुओं को आंखों में ही पीने का भरसक प्रयत्न करते हुए उसने सीधी नज़रों से देखा—शायद वह अपनी बात की प्रतिक्रिया उसके चेहरे पर देखना चाहता था, पर पानी की हलकी-सी परत के पार दीखते शिवानी के नक्श बहुत धुंधले हो उठे थे। शिशिर के कान एक मर्म-विदारक सिसकी को सुनने के लिए और उसकी बांहें शिवानी की निर्जीव देह को संभालने के लिए अधीर-सी हो रही थीं; पर वैसा कुछ भी तो नहीं हुआ—न शिवानी रोई, न कटे पेड़ की तरह उसकी बांहों में ही आ गिरी। उसने बिना पलक उठाए केवल इतना ही कहा, "यदि हमारे सम्बन्धों का आधार इतना छिछला है, इतना कमज़ोर है कि एक हलके-से झटके को भी संभाल नहीं सकता तो सचमुच उसे टूट ही जाना चाहिए।" अपना ऐसा निर्जीव और भावविहीन स्वर उसके अपने लिए भी अपरिचित था। उसने आंखें उठाई, पर शिशिर की ओर नहीं देखा, बस, यों ही निरुद्देश्य-सी आसमान की ओर देखने लगी।

आसमान में सफेद पक्षियों का एक झुण्ड बन्दनवार-सा बनाता, धूप में अपने पंखों को झिलमिलाता, उन दोनों के सिर के ऊपर से उड़ गया।

"सम्बन्धों की बात तुम न करो, तुम्हें तो कोई हक नहीं है। तुम...जैसी औरत क्या समझेगी इस सम्बन्ध की पवित्रता को!"

शिशिर के मन का सारा जहर, सारी कटुता उसके स्वर में भी छलकी पड़ रही थी। उसका मन हो रहा था कि दोनों हाथों से दबोचकर शिवानी को झकझोर

डाले...इतना-इतना कि वह चीखकर कह उठे, 'शिशिर, मुझसे गलती हो गई, मुझे माफ कर दो! तुम्हारे बिना मैं नहीं रह सकती...रह भी नहीं सकूंगी!' और वह अपना सारा आवेश हथेलियों को मसल-मसलकर निकालने लगा।

"शायद तुम ठीक ही कहते हो, क्योंकि अब तो सचमुच ही मुझे इस सम्बन्ध में कोई पवित्रता नज़र नहीं आती। मैं तो सोचती थी, यह सम्बन्ध इतना ज़्यादा पवित्र है कि सारे संसार की अपवित्रता भी इसमें आकर पवित्र हो जाती है, पर ज़रा-से स्पर्श से यदि..."

"बकवास बन्द करो," शिशिर एक तरह से चीख-सा पड़ा और फिर दोनों एकाएक ही चुप हो गए। अजीब-सा था वह सन्नाटा भी। पथराई-सी नज़रों से शिवानी ने देखा कि उसकी छाया के पास की छाया हलके से कांपी और फिर धीरे-धीरे सरककर दूर होने लगी। वह अपलक नेत्रों से दूर होती उस छायाकृति को ही देखती रही। तभी सूरज पासमान में फैले एक दूधिया रेशमी बादल के टुकड़े की ओट हो गया और वह छाया बेहद धूमिल हो उठी। शिवानी ने उधर से नज़र हटा ली।

धूप के अभाव में हवा और भी ठण्डी लगने लगी। उसने हवा में फरफराते अपने पल्ले को पकड़कर सिर ढक लिया और फिर अच्छी तरह गर्दन के चारों ओर लपेट लिया, जिससे कानों में सर्दी न लगे। बादलों की परत शायद कुछ घनी हो उठी थी, इसीलिए सामने का सारा दृश्य, दूर-दूर तक फैले मैदान और उनकी सीमा निर्धारित करते पहाड़, सभी बड़े धुंधले हो उठे।

पहली बार शिवानी की आंखों में आंसू भर आए और वे सारी धुंधली, अस्पष्ट आकृतियां भी मात्र धब्बे-भर रह गईं, जो रह-रहकर कांप जाती थीं। उसने घुटनों में अपना मुंह छिपा लिया। उसे अतुल के साथ बिताए दो दिन याद आए...वे दृश्य, वे बातें, वे स्पर्श...

अपने वायदे के अनुसार प्रिटी को लेकर वह सवेरे इलाहाबाद उतरी थी। अतुल के स्वागत और खातिर से वह कहीं भीतर तक भीग उठी थी। अतुल दोपहर तक बस केवल प्रिटी के साथ खेलता रहा था...उसके लिए उसने ढेर-से खिलौने लाकर रखे थे और जब खाकर प्रिटी सो गया था, तो

पहली बार दोनों ने आमने-सामने बैठकर बातें की थीं। शिवानी सवेरे से ही अतूल के सजे सजाए घर को...बच्चे के प्रति उसके प्यार को देख रही थी और सोच रही थी उस अभाव की बात, जो वह उसके जीवन में भरकर चली गई है। पर वह तो उसके लिए उत्तरदायी नहीं। फिर भी जाने क्यों लग रहा था कि इस सबके बीच कहीं वह है।

"शायद इस तरह का प्रश्न पूछने का अधिकार तो मैं खो चकी हं, फिर भी पूछ रही हूं अतुल, कि तुमने शादी क्यों नहीं की ?"

अतुल मुस्कराया था। जाने कैसा दर्द-भरा व्यंग्य लिपटा था उस मुस्कराहट में कि शिवानी बस देखती ही रह गई।

"पता नहीं क्यों, शादी की कोई इच्छा ही मन में नहीं जागती। लगता है, जीवन का यही पैटर्न बन गया है।" बड़े हताश-से स्वर में अतुल ने कहा था और शिवानी कुछ देर तक समझ नहीं पाई थी कि अब क्या कहे। फिर बोली, "जो पैटर्न है, उसमें तो देखती हूं, विवाह की बहुत ज़्यादा गुंजाइश है। कॉलेज का अच्छा जॉब है, सजा-सजाया घर है, निश्चित जीवन है, अब कौन-सी बाधा है ? ग्यारह साल पहले का वह अनिश्चित राजनीतिक जीवन भी अब तो पूरी तरह छूट गया है, फिर ?"

अतुल ने कुर्सी की पीठ पर सिर को झुला दिया और आंखें भींच लीं। दो क्षण चुप रहने के बाद वह बोला, "मैं खुद नहीं जानता, क्या बात है, पर शादी के लिए मन में कोई उत्साह नहीं पाता। ऐसा नहीं कि तुम्हारे बाद मेरे जीवन में कोई आया नहीं... दो लड़कियां आई और बहुत निकट आई, पर तुमसे कटकर मैं शायद कहीं से इतना ज़्यादा टूट चुका हूं कि मन में किसी बात के लिए कोई उत्साह नहीं पाता। कहीं से मैं बेहद जड़ हो गया हूं— आई एम कम्प्लीटली डैड शीनू, कम्प्लीटली डैड ! किसी लड़की को देने के लिए मेरे पास कुछ भी तो नहीं है। मरे हुए प्यार की लाश को मैं ढो रहा हूं और उसे ढोते-ढोते मैं खुद लाश हो गया हूं।" स्वर भीगा...कांपा और फिर बिखर गया।

शिवानी की आंखों से दो बंद आंसू चू पड़े थे।

उसके बाद रात को गाड़ी में बैठने तक दोनों में कोई बात नहीं हुई थी। और जब गाड़ी चल पड़ी, अतुल पीछे छूट गया तो वह तकिये में मुंह छिपाकर

देर तक आंसू बहाती रही। किस बात पर उसे रोना आ रहा था, वह खुद नहीं समझ पा रही थी।

तीसरे दिन रात को बिना किसी प्रकार की सूचना दिए वह अपनी अटैची हाथ में लिए अतुल के क्वार्टर पर जा पहुंची थी। विस्मित पुलकित-सा अतुल उसे देखता ही रह गया था, "तुम ? तुम कैसे ? तुम तो तीन-चार दिन प्रिटी के साथ रहने वाली थीं न !"

"नहीं रुकी।" अटैची को एक ओर रखकर कुर्सी पर बैठते हुए उसने जवाब दिया था।

"पर तुम..." खुली हुई किताब को उल्टी रखकर कुर्सी को शिवानी की ओर घुमाते हुए अतुल बोला।

"बिना सूचना दिए कैसे आ गई, क्यों आ गईं, यही न ?"

अतुल की कुछ भी समझ में नहीं आया कि वह क्या कहे।

"नहा लूं, तब बात करूंगी।" और वह उठ पड़ी। ऐसे मशीनी ढंग की दृढ़ता से वह बातें कर रही थी कि उसे ही स्वयं अपना व्यवहार बड़ा अपरिचित और पराया लग रहा था।

वह नहाने गई तो उसने नल को पूरा खोल दिया...उसे लग रहा था, जैसे पानी के साथ उसका शरीर से केवल सफर की धूल ही नहीं झड़ रही है, और भी बहुत कुछ पुंछता-बहता चला जा रहा है। बड़ी देर तक वह पानी के नीचे खड़ी रही...मानो कुछ था, जिसे वह पूरी तरह धोकर बहा देना चाहती थी।

नहाकर पीठ पर गीले बाल फैलाए आई तो देखा, अतुल ज्यों का त्यों बैठा है। सिगरेट के धुंएं की हलकी-सी परत से उसका चेहरा कुछ अस्पष्ट-सा दिखाई दे रहा था। शिवानी ने ट्यूब-लाइट का स्विच बंद कर दिया तो कमरे का दूधिया प्रकाश अंधेरे में डूब गया...केवल टेबल-लैंप के बिखरते प्रकाश में सिमटी चीजें ही चमकती रह गईं।

"मुझे यह रोशनी ज़रा भी अच्छी नहीं लगती।" और शिवानी अतुल की कुर्सी के पास आकर खड़ी हो गई।

"खाना !"

"ट्रेन में ही खा लिया।" और वह कुर्सी के हत्थे पर ही बैठ गई।

"अतुल ?"

अतुल चुप। सद्यःस्नाता शिवानी के शरीर की ताज़गी, भरते बालों का गीलापन और बिनाका पाउडर की गंध...फिर भी अतुल चुप ही रहा। शिवानी धीरे-धीरे उसके बालों में अपनी उंगलियां फेरने लगी।

"तुम जानती हो शीनू, तुम क्या कर रही हो ? यह सब मैं तुम्हें कभी नहीं करने दूंगा...कभी नहीं। मेरे लिए तुम अपना सारा संसार मिटाकर रख दो, तुम्हारी इतनी अनुकम्पा मुझसे सही नहीं जाएगी।"

स्वर कहीं दूर घाटियों की गूंज की तरह आ रहा था। शिवानी अतूल के चेहरे को देख रही थी, पर अतुल ने अपनी आंखें बन्द कर ली थीं, और बाकी चेहरा उसका इतना जड़, इतना निर्विकार था कि शिवानी कांप गई। सिगरेट के धुएं की एक पतली-सी लकीर दोनों के बीच में खिंची हुई थी...बस।

"अनुकम्पा की बात न कहो अतुल...इसे और चाहे जो नाम दे लो। तुम ऐसे अकिंचन नहीं कि तुमपर अनुकम्पा करूं, और अपना सब कुछ मिटाकर देने की उदारता भी मुझमें नहीं है। मेरा कुछ भी मिटने वाला नहीं है, इसीलिए दे रही हूं।" कहने के साथ ही उसे शिशिर का खयाल आया, पर उसे जबरन एक ओर ठेलकर उसने अतूल के होंठों पर अपने कांपते हुए होंठ रख दिए।

उंगलियों में दबी हुई सिगरेट की पकड़ इतनी कस गई कि वह कसमसाकर टूट गई।

"मैं जानता हूं, तुम्हारे पति बहुत उदार हैं, महान हैं...बड़े अनकन्वेंशनल भी हैं, पर बार-बार उनकी उदारता की बात कहकर क्यों नाहक ही मुझे छोटेपन का एहसास करा रही हो ?"

"पागल !"हलके-से शिवानी हंसी थी। "आदमी छोटा अपने मन के छोटेपन से होता है, दूसरे का बड़प्पन किसीको छोटा नहीं बनाता, बना भी नहीं सकता। मेरे लिए जैसे शिशिर, वैसे ही तुम हो।" और उसने फिर हलके-से अतुल के होंठों को छू दिया।

इस बार सिगरेट का टुकड़ा ज़मीन पर पड़ा था और उसकी बांहों में शिवानी की सारी देह कसमसा रही थी...और फिर एकाएक झटके से शिवानी को अपने से अलग करके अतुल ने पूछा, "शीनू, तुम यहां क्यों आई ? क्यों

आईं तुम यहां ? मैंने तो तुम्हें सिर्फ यह लिखा था कि प्रिटी को लेकर एक दिन के लिए आना... मैं तो सिर्फ प्रिटी से खेलना चाहता था। बहुत प्यारा बच्चा है। तुम यों अकेली चली आओगी, इसकी तो कल्पना भी नहीं की थी...इस सबके लिए मैं तैयार भी नहीं था...यह सब मैं चाहता भी नहीं था।"

"हम जो चाहते हैं या जिसके लिए तैयार रहते हैं, जीवन में केवल वही होना चाहिए, ऐसा तो कोई नियम नहीं है। और तुम्हारे निमन्त्रण पर ही तुम्हारे घर आना चाहिए, यह बात भी कभी मन में आई नहीं, इसीलिए चली आई। मेरा आना इतना बुरा लग रहा है तो मैं कल ही चली जाऊंगी।" बड़े सधे हुए स्वर में शिवानी बोली।

"बुरा...शीनू, कभी-कभी अपने बारे में बड़ी ऊंची और मीठी बातें सुनने के लिए हम ऐसी बातें करते हैं। तुम शायद सोच रही हो कि मैं विभोर होकर कहूंगा कि शीनू, तुम क्या आ गईं, मेरे जीवन में बहार आ गई...मैं तो चाहता हूं कि तुम हमेशा-हमेशा मेरे पास रहो...पर ऐसा मैं कुछ भी कहने नहीं जा रहा हूं। संयम की वजह से नहीं, वरन् इसलिए कि मैं ऐसा महसूस नहीं कर रहा, पर इतना ज़रूर कहूंगा कि आकर तुमने उचित नहीं किया।"

कहीं हलके-से आहत होकर भी शीनू हंसी, "उचित-अनुचित का मेरा अपना भी विवेक है और मुझे उसके अनुसार ही चलने दो। अपना विवेक तुम अपने छात्रों को बांटने तक ही सीमित रखोगे तो ज़्यादा प्रसिद्धि मिलेगी।"

"अपने दिल पर हाथ रखकर पूछो—तुमने शिशिर के साथ अन्याय नहीं किया ? यह उसके प्रति छल नहीं है ? आते समय जिस सहजता से तुम अपने ठहरने की बात बताकर आई थीं, लौटकर भी उसी तरह बता सकोगी... यहां जो कुछ किया, कह सकोगी उसे ?"

अतुल की इस जड़ता और क्रूरता से शिवानी एक तरह से तिलमिला गई। उसे शिशिर का खयाल आया। उसके हलके-से स्पर्श तक से वह कैसा उन्मादी हो जाती है और यह...

अतुल ने दूसरी सिगरेट निकाली। माचिस की जलती सींक ने एक क्षण के लिए प्रकाश के बड़े वृत्त के बीच एक छोटा-सा वृत्त और बना दिया। और फिर दोनों के बीच में धुएं की हलकी-सी परत छा गई...लहरदार धुएं की।

"हर बात को बुद्धि के गज़ से नापने का मेरा स्वभाव नहीं है। मैं वही करती हूं, जो मेरा मन ठीक समझता है। बस, इतना जान लो कि यहां आकर मैंने शिशिर के साथ धोखा नहीं किया... उनको छलने का साहस इस जन्म में तो मैं शायद ही कभी जुटा पाऊं।"

अतुल केवल सिगरेट के लम्बे-लम्बे कश खींचता रहा। जब वह कश खींचता तो सिगरेट का सिरा सुर्ख अंगार की तरह चमक उठता...उसके बाद धुएं के हलके-फुलके बादल दोनों के बीच तैरने लगते।

"मेरी बात की कोई संगति तुम्हें नज़र नहीं आ रही है न ! लगता है, शायद मेरे मन की बात कोई समझ भी नहीं पाएगा... तुम भी नहीं, शायद शिशिर भी नहीं। जानती हूं, अपनी इस बात को प्रमाणित करने के लिए एक तर्क भी मैं नहीं जुटा सकती हूं...वैसा कोई प्रयास भी नहीं करूंगी...फिर भी इतना जान लेना अतुल, जो कह रही हूं, वह झूठ नहीं है।" और उसका कण्ठ रुंध गया।

बात से नहीं, पर शायद स्वर की आर्द्रता से अतुल बेहद कातर हो आया। शिवानी का हाथ अपने हाथ में लेकर सामने की दीवार पर बड़ी खोई-सूनी-सी नज़रों से देखता हुआ वह बोला, "शीनू, कभी सोचा भी नहीं था कि यों ग्यारह साल बाद तुमसे मुलाकात होगी।" और वह चुप हो गया। थोड़ी देर बाद फिर वैसे खोए. खोए स्वर में बोला, "और पुरी में मिला था, तब क्या यह सोचा था कि इस मुलाकात का यह परिणाम होगा ? अपने जीवन के अभाव और दुःख ने उस दिन मन को कहीं बहुत बेधा था, पर तुम्हें सुखी, प्रसन्न देखकर मैं अपने दुःख को भुलने की कोशिश कर रहा था...'तुम्हारे सुख से सुखी होने का प्रयत्न कर रहा था।"

"तुम मेरे सुख से सुखी होओ, यह ठीक है...यह जीवन के लिए आदर्श हो सकता है; पर मैं यदि तुम्हारे दुःख से दुःखी होऊं, तो यह गलत है...अनुचित है, क्यों ? तुम्हें जीवन में अकेलापन नहीं लगता, तनहाई की घड़ियां ज़िन्दगी को बोझिल नहीं बना देतीं... यह सूना-सा घर और उससे भी अधिक सूना मन तुम्हें कहीं से टीसता नहीं ?"

"सब कुछ होता है शीनू...सब कुछ होता है...पर उससे क्या ... उससे..."

"मेरे प्यार की लाश ने तुम्हें जीती-जागती लाश बना दिया है, मेरा प्यार ही तुम्हें नया जीवन भी देगा। मेरे इस अधिकार को मुझसे कोई नहीं छीन सकता है।"

"शीनू !" और उसने शिवानी का हाथ कसकर पकड़ लिया। देर तक शिवानी का हाथ उसके हाथ में कांपता-पसीजता रहा था. उसके आंसू शिवानी के गालों और अधरों को भिगोते रहे थे. 'शीनू 'शीनू' का स्वर मौनं कमरे की दीवारों के बीच में कांप-कांपकर गूंजता रहा था।

"शीनू !" शिवानी चौंक पड़ी। उसने घुटनों में से सिर उठाया। पता नहीं कब से शिशिर उसके पास आकर खड़ा हो गया था। उसने अपनी गीली पलकें उठाकर शिशिर की ओर देखा... रूखे उड़ते केश, फीका-मुरझाया चेहरा। धीरे से वह उसके पास आकर बैठ गया।

धप फिर निकल आई थी...चारों तरफ की चीजें फिर चमकने लगी थीं। इस बार शिशिर जब बोला तो उसका स्वर बहुत सधा हुआ था...उसमें न कोई आक्रोश था...न आवेश।

"एक बात पूर्वी शीनू, अगर मैं किसी दूसरी स्त्री से शारीरिक संबंध स्थापित करूं तो तुम बरदाश्त कर लोगी ?"

शिवानी ने अपनी बड़ी-बड़ी पलकें शिशिर के मुख पर टिका दी। रात से लेकर अब तक कई बार रोने के कारण काजल की कोर धुल चुकी थी और उसकी आंखें बिना किनारे की साड़ी की भांति बड़ी फीकी और निस्तेज लग रही थीं। "इसका उत्तर बहुत कुछ उस परिस्थिति पर निर्भर करता है, जिसमें तुम उससे संबंध स्थापित करोगे। हां, फिर भी इतना कह सकती हूं कि इस मामले में मैं बहुत संकीर्ण नहीं हैं, और फिर तुम्हारे प्रति, अपने आपसी संबंधों के प्रति आस्था भी इतनी कच्ची नहीं।"

"जान सकता हूं, तुम्हारी ऐसी कौन-सी परिस्थिति थी, जिसने तुम्हें यों मजबूर कर दिया ? उसने तुम्हें बेहोश कर दिया था, कुछ पिला दिया था, ज़बरदस्ती की थी..."

"उसपर व्यर्थ लांछन लगाने की आवश्यकता नहीं। जो कुछ कहना हो, मुझे कहो। मैं तुम्हारी घृणा, तुम्हारा आक्रोश—सभी कुछ सहने को तैयार हूं।"

"बहुत दर्द है उसके लिए मन में !" व्यंग्य बहुत पैना था, फिर भी शिवानी को कहीं से चीर नहीं पाया। बिना तनिक भी विचलित हुए उसने

कहा, "दर्द था तभी तो वह सब कर पाई, जो एक नारी के लिए शायद असंभव ही होता है। यदि मैं ज़रा-सा देकर किसीके जीवन में पूर्णता ला सकती हैं, उसके प्रभावों को भर सकती हूं, उसके सारे जीवन का रवैया बदल सकती हूं, तो उसे देने में क्या हर्ज है ?"

"उसके प्रति दायित्व निभाने में तुम किसी और के प्रति अपने दायित्व को भुला रही हो; जो दे रही हो, वह किसी और का है, यह बात क्या..."

"यह मैं नहीं मानती।" बड़ी दृढ़ता के साथ शिवानी ने बीच में ही बात काट दी, "तुम्हीं बताओ, उस बात को आज शायद चार महीने हो गए, यदि पत्र से तुमने न जाना होता तो क्या मेरे व्यवहार से तुम जान पाते ? जो तुम्हारे लिए है, उसका भागी न कोई हआ है, न भविष्य में ही कोई हो सकेगा, यह बात भी क्या मुझे कहकर जतलानी होगी ?" और इस बार शिवानी की आंखों से टप्-टप् आंसू टपक पड़े। उसने उन्हें पोंछने का कोई प्रयत्न नहीं किया...दोनों गालों पर आंसू की लकीरें बन गईं।

"सच-सच बताना, तो तुम क्या यह कहना चाहती हो कि सिर्फ देने की भावना से ही तमने यह सब किया...शायद दया के वशीभूत होकर...भोगने या पाने की भावना उसमें कहीं नहीं थी ?" और शिशिर उसे ऐसी तीखी नजरों से देखने लगा, मानो वह उसके शरीर को भेदकर मन में छिपे रहस्य को जान लेगा। शायद जो कुछ हुआ, उसका शिशिर को दुःख नहीं था...पर-पुरुष के स्पर्श-मात्र से ही नारी अपवित्र हो जाती है, ऐसी बात को प्रश्रय देने वाली संकीर्णता भी उसमें नहीं थी...वह तो सिर्फ यह चाहता था कि जो कुछ हुआ, शिवानी उसके लिए दुःख करे, अपराध-भावना और आत्म ग्लानि में डूबकर प्रायश्चित्त कर ले।

"सच जानने का तुम्हारा इतना आग्रह है तो सच ही बताऊंगी, यों भी झूठ मैं आज तक तुमसे नहीं बोली हूं, शायद बोल भी नहीं सकती हूं, पर सहारना तुम्हें होगा।" और शिवानी एक क्षण को रुकी, मानो सामने बैठे शिशिर की सामर्थ्य को तोल रही हो। फिर धीरे से बोली, "जानते हो, देने-पावने का हिसाब रखने की मेरी वृत्ति नहीं। कितना दिया और कितना पाया, यह मैं स्वयं नहीं जानती तो तुम्हें क्या बताऊं ? और दया की बात भी गलत है। जो अकिंचन हो, दयनीय हो, दया उसके प्रति की जा सकती है...पर अतुल में तो ऐसा कुछ नहीं।"

धैर्य और सहनशक्ति के सारे बांध टूट गए हों, इस प्रकार हाथों को ज़ोर से झटककर शिशिर ने कहा, "जब सारी बात ही इतनी साफ़ और स्पष्ट है तो व्यर्थ की बहस करने से लाभ ?" फिर एकाएक ही स्वर को मद्धिम बनाकर बोला, "मैं अभी तक समझे था, तुम मेरी हो, केवल मेरी और मेरे सिवाय किसीकी हो नहीं सकती हो...लेकिन अब लगता है कि एक बड़ा खूबसूरत-सा भ्रम ही तो मैंने पाल रखा था।" उसका गला भर्रा गया, अंतिम शब्द तो जैसे आंसुओं में भीगकर कांप गए थे।

"भ्रम क्यों, ठीक ही तो समझा था। साथ रहें या न रहें, यह विश्वास तो मैं आज भी दिला सकती हैं कि शीनू तुम्हारी है और केवल तुम्हारी ही। पति के रूप में तो मैं किसीकी कल्पना भी नहीं कर सकती हूं। अतुल की भी नहीं। तुम्हें लेकर मन का कोना-कोना कुछ इस तरह भरा हुआ है कि उसमें और कोई कहां से आएगा भला ? सच बोलने का मेरा काम था, मैंने बोल दिया... सहारना तो तुम्हें ही होगा।"

"अच्छा शीनू," और एकाएक ही उसने शिवानी का हाथ पकड़ लिया, "उस समय क्या तुम्हें एक बार भी मेरा खयाल नहीं आया ?"

"खयाल !" और इतनी देर बाद पहली बार मुस्कान की एक क्षीण-सी आभा उसके फीके अधरों पर फैल गई, "तुम्हारे सिवाय और कोई बात ही मन में नहीं थी। शरीर पर चाहे वह छाया हुआ हो, पर मन पर तुम...केवल तुम छाए हुए थे।" शिवानी ने धीरे से अपना हाथ शिशिर के हाथ से छुड़ाया और शॉल को उतारकर एक ओर रख दिया।

धूप में कुछ तेज़ी आ गई थी और हवा में हलकी-सी ऊष्मा।

"तुम सच कह रही हो शीनू, बिलकुल सच !" और शिशिर का मन हो रहा था कि शिवानी बार-बार इसी बात को दोहराती जाए।

"जानते तो हो, मैं तुमसे झूठ नहीं बोल पाऊंगी...कोई बात छिपा भले ही जाऊं, पर झूठ बोलना मेरे लिए संभव नहीं। नहीं तो क्या मैं जानती नहीं कि यदि एक बार भी मैं पश्चात्ताप के दो शब्द कह दूं, तो तुम्हारे मन का सारा मलाल दूर हो जाए, सारा क्रोध बह जाए; पर जो चीज़ मैं महसूस नहीं करती, उसे झूठ बोलकर तुम्हारे सामने स्वीकारा नहीं जाता। एक ज़रा-से

झूठ से मेरा सारा भविष्य ज्यों का त्यों सुरक्षित रह सकता है, पर वह भी तो नहीं बोला जाता।"

इस बार शिवानी ने शिशिर का हाथ अपनी दोनों हथेलियों में ले लिया और धीरे-धीरे उसे सहलाने लगी।

"मान लो शीनू, वह प्राज आकर तुम्हें ही मांगने लगे, तो तुम्हारा दायित्व तुम्हें किस ओर ले जाएगा ?"

"ऐसी बात भी तुम्हारे मन में क्यों आती है ? अतुल अपनी सीमा जानता है। जो उसका नहीं, उसे पाने की लालसा भी कभी नहीं करता। अपने को कष्ट देना वह जानता है, दूसरे के लिए कष्ट का कारण बनना उसका स्वभाव नहीं। और मेरे दायित्व की बात उठाकर व्यर्थ ही क्यों अपने को नीचे गिरा रहे हो ? मेरे जीवन में तुम्हारा जो स्थान है, उसे कोई नहीं ले सकता, लेना तो दूर, उस तक कोई पहुंच भी नहीं सकता। किसीके कितनी ही निकट चली जाऊं, चाहे शारीरिक संबंध भी स्थापित कर लूं, पर मन की जिस ऊंचाई पर तुम्हें बिठा रखा है, वहां कोई नहीं आ सकता, किसीसे उसकी तुलना करने में भी तुम्हारा अपमान होता है।" वह एक क्षण को रुकी, 'पर कभी नहीं सोचा था शिशिर, कि यह सब मुझे कहकर तुम्हें बतलाना पड़ेगा..."और बात समाप्त करते-करते वह जैसे फूट पड़ी। तभी दो सबल बांहों के कसाव में उसकी सारी जड़ता, सारी तटस्थता एकसाथ ही पिघल पड़ी। केवल आंसू...हिचकियां...आंसू...

उतने ही भराए हुए स्वर में शिशिर ने पूछा, "शीनू, तुम मेरे जीवन की इतनी बड़ी आवश्यकता और इतनी बड़ी कमज़ोरी हो कि मैं तुम्हारे बिना रह भी नहीं सकता और किसी भी रूप में तुम्हें ज़रा-सा शेअर भी नहीं कर सकता हूं।" और उसके आंसू शिवानी की साड़ी में से छनकर उसके रूखे-बिखरे बालों को भिगोने लगे।

सुनहरी धूप में फैली दो गुंथी हुई छायाकृतियां देर तक कसमसाकर सिहरती-कांपती रहीं।

मंत्रोच्चारण की ध्वनि ने शिशिर का ध्यान आकर्षित किया। घुटने तक धोती और ललाट पर चंदन पोते हुए दो व्यक्ति हांफ-हांफकर मंत्र बोलते हुए चढ़े आ रहे थे। उसने शिवानी को धीरे से अपने से अलग कर दिया। वे दोनों

शायद मंदिर के पुजारी थे। उन्होंने एक बार उन दोनों की ओर देखा और फिर मंदिर का घंटा बजाकर द्वार खोल दिया।

"आओ शीनू, अब लौट चलें।" धूप की तेज़ी और गर्मी काफी बढ़ चली थी।

अनमने भाव से शिवानी उठी। दोनों एक क्षण के लिए मंदिर के सामने रुके, फिर मंदिर के पीछे की ओर वहां जाकर खड़े हो गए, जहां से ढलान शुरू होती थी। दूर-दूर तक फैले मैदान, आपस में उलझी-गूंथी हुई पगडंडियां... त्रिकोण, चौकोर आकार के कटे खेत...शहर को चारों ओर से घेरती पहाड़ियां...नीचे रेंगते हुए छोटे-छोटे मनुष्य, छोटे-छोटे घर...सभी कुछ बड़ा छोटा-छोटा नज़र आ रहा था।

"हम लोग शायद काफी ऊंचाई पर हैं। कितनी ऊंचाई होगी इस पहाड़ की?"

"ठीक ऊंचाई तो नहीं मालूम, फिर भी ऊंचा तो है ही...नाम ही है, विपुलाचल।"

"पहाड़ पर खड़े हो जाओ तो सभी कुछ कितना छोटा-छोटा लगने लगता है, है ना?" शिवानी के आंसुओं से धुले मुख पर फैली हलकी-सी मुस्कान शिशिर को बड़ी प्यारी लगी। उसके कंधे पर बड़े प्यार से हाथ रखकर उसने कहा, "चलो शीनू, अब गर्मी बढ़ चली है...फिर अभी कुंड पर भी तो चलना है।" पर शिवानी वहीं खड़ी रही।

मंदिर का घंटा रह-रहकर बज उठता था, जिसकी गूंज उस सन्नाटे में देर तक गूंजती रहती थी। तुरंत की जलाई हुई अगरबत्तियां और लोबान की सुगंध चारों ओर फैलती जा रही थी।

धीरे-धीरे दोनों लौट आए। शिवानी एक बार फिर मंदिर के सामने ठिठकी, फिर आगे बढ़ती शिशिर के पीछे चली गई। उतरने के लिए शिशिर ने फिर पगडंडी पकड़ी तो शिवानी बच्चों की तरह मचल उठी, "नहीं-नहीं, अब हम पगडंडी से नहीं उतरेंगे।"

"मानो शीनू, बड़ा सीधा-सा पहाड़ है। एकदम ढलान पर उतरा नहीं जाएगा, फिसल पड़ी तो हड्डी-पसली एक हो जाएगी।"

"नहीं फिसलूंगी...फिर तुम तो हो साथ, पकड़ लेना।" और वह झाड़ियों

को हाथ से चीरती हुई मार्ग बनाकर आगे बढ़ी। मजबूरन शिशिर को उसके साथ होना पड़ा। दोनों एक-दूसरे का हाथ थामे, एक-दूसरे को सहारा देते, संभल-संभलकर पैर बढ़ाने लगे। बीच-बीच में कंटीली झाड़ियों में शिवानी का आंचल उलझ जाता तो शिशिर बड़ी सावधानी से निकालते हुए कहता, "तुम्हारी ज़िद की भी हद है...सारी साड़ी फाड़ ली न !" जवाब में शिवानी केवल हंस देती।

नीचे उतरते-उतरते शिवानी सचमुच थक गई। थकान शायद चढ़ने की थी, पर उस समय उसका एहसास नहीं हुआ था, अब एकाएक ही लगने लगा कि पैर जैसे झपकने लगे हैं।

"मैं तो थक गई रे !" और वह वहीं धम्म से बैठ गई।

"यहां नहीं...यहां नहीं...अभी गरम पानी के कुंड में पैर डालकर बैठ जाना, सारी थकान मिट जाएगी।" और हाथ पकड़कर एक झटके में उसने उसे खड़ा कर दिया।

कुंड पर यों तो हमेशा ही भीड़ बनी रहती है। गंधक के उन गरम सोतों की तासीर कुछ ऐसी ही है कि अनेक रोगी उसमें स्नान करने आते हैं, पर इस समय वहां भीड़ अपेक्षाकृत कम ही थी। सवेरे दस बजे तक तो जैसे वहां मेला लगा रहता है।

अपने शरीर को खींच-खींचकर शिवानी ने जैसे-तैसे सीढ़ियां चढ़ी और वह जब कुंड के किनारे गई, तब तक तो उसमें खड़े रहने की ताकत भी नहीं रह गई थी। लंबी, बोझिल यात्रा करने के बाद देह जैसे एकदम ही निर्जीव हो जाती है, वैसी ही हालत शिवानी की भी हो रही थी।

साड़ी को ज़रा-सा ऊपर चढ़ाकर शिवानी ने जैसे ही पानी में पैर डाला... 'हाय' के साथ वापस निकाल लिया...

"इतना गरम पानी !"

"शुरू में लगेगा, फिर देखना, कितना आराम मिलता है ! एक-दो बार पैर डाल-डालकर वापस निकाल लो, तो पैर इस गर्मी के अभ्यस्त हो जाएंगे।"

शिवानी पैर हिला-हिलाकर पानी में लहरें उठा रही थी और लहरों के साथ ही जल में पड़ते उनके प्रतिबिम्ब थिरक रहे थे।

धीरे-धीरे सारी थकान मिटने लगी और दोनों की रग-रग में ऊष्मा की लहर दौड़ने लगीं।

तीसरा आदमी

पाजामे को मोड़कर उसमें क्लिप लगाते हुए सतीश बोला, "तुमने तो सारा कमरा ही अस्त-व्यस्त कर रखा है, कहीं बैठने तक की तो जगह नहीं है। तुम ठीक-ठाक करो, तब तक मैं ज़रा बाहर ही घूम आता हूं।"

हाथ में झाड़ू लिए-लिए ही शकुन ने उसे भरपूर नज़रों से देखा, "देख रही हूं, तुम्हें आलोकजी का आना अच्छा नहीं लग रहा है।" आवाज़ में हलकी-सी तल्खी थी, जिसे भौंहों पर पड़े बल ने और भी स्पष्ट कर दिया था।

"मुझे ? मैंने तो ऐसा कुछ नहीं कहा!" और उसने यों ही स्टैण्ड के सहारे खड़ी साइकल के पैडिल पर ज़ोर से पैर मारा, तो पीछे का पहिया ज़ोर से धन्ना उठा।

"सब कुछ कहा नहीं जाता है...कुछ बातें होती हैं, जो शब्दों के बिना भी शब्दों से ज़्यादा स्पष्ट होती हैं। फिर मैं कोई बच्ची नहीं, तुम्हारी हर बात को खूब समझती हूं।" और वह ज़ोर-ज़ोर से झाड़ू मारकर दरी की धूल झाड़ने लगी।

एक क्षण को सतीश की समझ में ही नहीं आया कि वह क्या कहे, क्या करे। बड़ी कातर-सी नज़र से उसने शकुन को देखा और फिर साइकल ठेलता हुआ दो सीढ़ियां उतरकर सड़क पर आ गया।

बाहर आकर एकाएक उसे लगने लगा, जैसे आलोक का आना उसे सचमुच ही अच्छा नहीं लग रहा है। दो दिन से मन पर जो हलकी-सी खिन्नता छाई हुई है, वह कहीं 'अच्छा न लगना' ही तो है। वह शायद इस भावना को नाम नहीं दे पा रहा था, शकुन ने दे दिया।

शकुन के मन में बड़ा उत्साह है। कल से ही लगी हुई है, सारा घर ठीक करने में। और कल से उसे बड़ा अफसोस भी हो रहा है कि क्यों नहीं उसने बड़ा घर लेने की बात मान ली। अब इस एक कमरे को ही बड़ा बनाने के चक्कर में उसने न जाने कितना फालतू सामान हटा दिया है। अपने घर को बिलकुल नया रूप, नया जीवन देने पर तुली हुई है जैसे।

'नया रूप, नया जीवन ?' कमरे के लिए ये शब्द कितने बेतुके हैं ! उसे इन शब्दों का खयाल ही क्यों आया ? उसे खुद लगने लगा कि बहुत भीतर कहीं कुछ हो रहा है, जो उसे एबनॉर्मल बनाता जा रहा है। तभी तो उसने कुछ नहीं कहा, फिर भी शकुन भांप गई।

उसने देखा, वह शुक्ला के घर के सामने आ गया है। चलते समय उसने कुछ भी नहीं सोचा था कि वह कहां जाएगा। बस, घर में बैठने की जगह नहीं थी, सो चल पड़ा। कुछ देर शुक्ला के यहीं बैठ ले ! उसने पैर ज़मीन पर टिका दिए, पर दो मिनट तक वह तय नहीं कर पाया कि वह शुक्ला के यहां जाए या आगे बढ़ जाए। नहीं, उसे कहीं नहीं बैठना है। वह इस समय एकान्त में बैठकर अपने मन में ही झांकेगा; जो कुछ भी अनुचित, अस्वाभाविक वहां है, उसे जाने-समझेगा। शायद इससे उसकी मानसिक स्थिति कुछ सुधरेगी, वरना यदि वह कल भी इसी तरह ऊटपटांग व्यवहार करने लगा, तो कितनी भद्दी बात होगी! फिर यह आने वाला व्यक्ति लेखक ठहरा, ज़रूर बड़ी पैनी नज़र होगी उसकी।

उसने साइकल आनासागर की ओर मोड़ दी। बजरंगगढ़ पर चढ़ती भीड़ को देखकर उसे खयाल आया, आज ज़रूर मंगलवार ही होना चाहिए, है ही। तो वह क्या भूलने भी लगा है ? क्या होता जा रहा है उसे ?

सारी बारहदरी पार करके वह उसके अन्तिम सिरे पर आ गया। साइकल में उसने ताला डाला और तालाब की ओर मुंह करके बैठ गया। सामने पानी में छोटी-छोटी लहरें उठ-बिखर रही थीं। एक लहर उठकर आगे बढ़ती, पर किनारे तक आने से पहले ही दूसरी लहर धक्के से उसे बिखेर देती। वह कुछ देर लहरों का यह खेल ही देखता रहा।

कल आलोकजी आ रहे हैं। आलोकजी—जिन्हें वह जानता नहीं,

जिन्हें उसने कभी देखा नहीं। वह शकुन के परिचित हैं और उसीके निमन्त्रण पर आ भी रहे हैं। शकुन ने उसे भी पत्र लिखने के लिए कहा था, दो दिन तक वह तय ही नहीं कर पाया था कि लिखे या नहीं। फिर शकुन एकाएक बिगड़ पड़ी थी, तो उसने उसी समय एक पोस्टकार्ड लिख दिया था, और अब वह आ रहे हैं। यों देखो तो बड़ी साधारण-सी बात है, फिर भी उसे लगता है कि कहीं कुछ है अवश्य।

आलोकजी बड़े लेखक हैं। शकुन से ही उसने उनके बड़प्पन की बात सुनी है। बड़े आदमी हैं तो व्यस्त भी ज़रूर रहते होंगे, फिर आना स्वीकार कैसे कर लिया ? शकुन से भी तो कोई विशेष परिचय नहीं। चार महीने पहले वह दो दिन के लिए जयपुर गईं थी अपने भाई साहब के पास, वहीं शायद मिली थी, कछ समय के लिए। उसके बाद पत्र आते-जाते हैं। कभी-कभी किताबों के पार्सल भी। शकुन की मेज़ पर आलोक की कई पुस्तकें जम गई हैं, जिन्हें वह हमेशा पढ़ती-सराहती रहती है।

पर शकुन कुछ ज़्यादा ही उत्साहित है। उत्साह क्या, आवेग में आई हुई है। शायद इसीलिए कि वही उन्हें जानती भी है, और कोई बड़ा आदमी आता है, तो थोड़ा उत्साह-आवेग आ ही जाता है।

उसे याद आया...शकुन को इस घर में तीसरे आदमी की उपस्थिति असह्य हो जाती थी। कमरा एक ही था और जब कोई भी आ जाता, तो उनके सोने के लिए अलग जगह नहीं रह जाती, और सोते समय शकुन से अलगाव नहीं सहा जाता। जिस साल शकुन बी० ए० की तैयारी कर रही थी, तो उसने गांव से मां को बुलवा लिया था। 'घर मां संभाल लेंगी, तुम पढ़ने में लगी रहो, वरना यह दुहरी मेहनत तुम्हें मार देगी। कितना काम तुमको करना पड़ता है, सच में तुम्हारे लिए...' पर शकुन रोती रही थी—'क्यों बेकार की बातें करते हो ? तुम मुझसे चौगुना काम करवा लो, पर रात को तुम्हारी बांहें नहीं छोड़ सकती। वहां आते ही सारी थकान मिट जाती है, अगले दिन के लिए ताज़गी आ जाती है।' और सतीश ने बड़े ढंग से मां को वापस गांव भेज दिया था।

एक बार उसका एक बड़ा पुराना मित्र आकर टिक गया था। शकुन

शिष्टता की सीमा लांघकर उसके साथ पेश आई। सतीश को उस बार तो गुस्सा भी आ गया था, पर शकुन की यह दुर्बलता भीतर ही भीतर उसे कहीं पुलकित भी करती रहती।

'मैं बी० टी० करके नौकरी कर लूं, तब तुम दो कमरे का मकान ले लेना और जिसको चाहो, बुलाना। यों भी अब तो किसी तीसरे आदमी को बुलाएंगे ही...आखिर कब तक टालेंगे ?' और वह लजा पड़ी थी।

जिस दिन बी०टी० का रिज़ल्ट निकला था, वह और शकुन बेहद प्रसन्न थे और उस दिन पहली बार वे किसी तीसरे आदमी को लाने के लिए मनुहार करते रहे थे। तीन साल अपने को ज़ब्त किया...अब और नहीं, अब और नहीं।

वे प्रतीक्षा करते और निराश होकर फिर नये सिरे से प्रयत्न और प्रतीक्षा करते। जुलाई में शकुन को हायर-सेकण्डरी स्कूल में नौकरी मिल गई। दो-तीन महीने अपने नये काम के बीच वह कुछ भूली रही; पर सतीश ने देखा कि धीरे-धीरे यह निराशा उसके भीतर ही भीतर कुछ तोड़ती-मरोड़ती चल रही है।

'अरे भाई, खाने पर आओ न, मैं बैठा हूं।'

'तुम खा लो, मुझे आज खाना नहीं है।'

'क्या बात है, तबीयत तो ठीक है न ?' सतीश ने भीतर लेटी शकुन को दुलारते हुए पूछा।

'हां हां, ठीक है। मैंने व्रत रखा है।'

'व्रत !' सतीश ज़ोर से हंस पड़ा। 'यह व्रत तुम कब से रखने लगी हो ?'

'अब से मंगल को रखा करूंगी। हनुमानजी का व्रत रखना चाहिए। तुम चाहे मज़ाक उड़ा लो, मैं तो मानती हूं।'

सतीश एकाएक खिन्न हो आया था। वह अकेला ही खाने बैठा, तो उससे खाया नहीं गया। उस रात उसकी छाती पर सिर रखकर शकुन बहुत-बहुत रोई थी, 'मेरा मन नहीं लगता, मुझे बड़ा अकेला-अकेला लगता है।'

सतीश इस बात से दुःखी नहीं, शकुन के दुःख से ज़रूर दुःखी था, पर उसकी कुछ भी समझ में नहीं आता कि वह क्या करे। और एक दिन शकुन ने कहा, 'सुनो, आज मैं डॉक्टर के पास गई थी।'

'क्यों ?' बड़े आश्चर्य से उसने पूछा।

'इधर कुछ दिनों से मुझे अपनी तबीयत ठीक नहीं लग रही थी, सोचा, दिखा दूं।'

'मुझे तो तुमने अपनी तबीयत के बारे में कुछ नहीं बताया ?' कुछ अविश्वास से उसने पूछा। शकुन यों अकेली डॉक्टर के पास चली जाए... कुछ नई बात थी।

'बताने जैसा कुछ होता तो बता देती, बस, यों ही ज़रा भारापन-सा लगता था।'

'क्या बताया डॉक्टर ने ?' डॉक्टर की बात सुनते ही उसका मन जाने कैसा कैसा होने लगा था, पर अब आशा की एक हलकी-सी लहर दौड़ गई। क्या शकुन कोई खबर सुनाने वाली है ?

'कोई खास बात नहीं।' बड़ा उदास स्वर था शकुन का। नहीं, खुश होने जैसी कोई बात नहीं है।

'उसने तुम्हें बुलाया है।' शकुन फिर बोली।

'क्यों?' और वह गौर से शकुन को देखने लगा। शकुन भी शायद उसकी नज़रों का सामना करना नहीं चाहती थी, मुंह किताब में ही गड़ाए रही।

'क्या हर्ज है, एक बार चले जाओ तो !' हिम्मत बटोरकर शकुन ने कहा।

सतीश को लगा...शकुन का यों अकेले डॉक्टर के पास जाना, उसे भी जाने के लिए कहना...जैसे भीतर ही भीतर कुछ घुनता जा रहा है। उसका मन हुआ, कोई तीखी-सी बात कह दे, पर कही न गई। कहा केवल इतना ही, 'मुझे क्या हुआ है, जो डॉक्टर के पास जाऊंगा ! मुझे नहीं जाना है।' और वह प्रतीक्षा करने लगा कि शकुन विरोध करे या ज़िद करे, तो फिर वह सुनाए। शकुन ने कुछ नहीं कहा।...कहती क्यों नहीं है साफ-साफ !

'तो शकुन मुझे...' भीतर ही भीतर उसके कुछ सुलगने लगा। सामने लेटी शकुन उसे बड़ी अपरिचित और परायी-सी लगने लगी। यही वह शकुन है, जिसे उसने अपने प्राणों से ज़्यादा प्यार किया है...जिसे उसकी बांहों का सहारा लिए बिना नींद नहीं आती। वही शकुन उस पर सन्देह करती है। उसे... वह...और बिना कुछ बोले ही वह बाहर चला गया था। उसे सारी बात पर

कभी गुस्सा आता तो कभी दुःख होता, पर भीतर ही भीतर एक हलका-सा भय भी अनजाने ही उसके मन में समाता जा रहा था।

और उस दिन के बाद उस घर की छत के नीचे बिना बोले, बिना कहे बहुत कुछ घट गया था। शकुन के भीतर कहीं कुछ मर गया था। जिस रात की प्रतीक्षा में पहले वह सारा दिन काटता था, बिना थके फाइलों से जूझता रहता था...उसी रात से अब वह डरने लगा।

उसके बाद जब भी दो कमरे का घर लेने की बात आती, बड़े बुझे-से स्वर में शकुन कहती, "क्या करना है बड़े घर का? दो जनों के लिए यह कमरा ही काफी है।' हां, लकड़ी का पार्टीशन अवश्य लग गया था और बाकायदा सोने और बैठने के दो कमरे बना दिए गए थे। शकुन बहुत कंजूस हो चली थी। जब-तब कहती, 'कौन लम्बी-चौड़ी आमदनी है! इसीमें से खर्च करना है, इसीमें से बचाकर भी रखना है। बुढ़ापे में चार पैसे होंगे तो यही सहारा देंगे, वरना यहां कौन...' और सतीश का मन होता था कि इस बेसिर-पैर की बकवास करने के लिए वह शकुन की जीभ खींच ले, पर भीतर ही भीतर दिन-प्रतिदिन बढ़ने वाला वह भय उसे कुछ भी नहीं कहने देता। क्या कहे वह ?

और सबसे बड़ा परिवर्तन हुआ था कि सारा शरीर सतीश की बांहों में छोड़कर भी शकुन कहीं और रहती थी। थोड़ी देर बाद ही वह उसकी बांहों में से छूटकर करवट लेकर सो जाती, 'मुझे नींद आ रही है।' और अपमानित-आहत सतीश करवटें लेता रहता और निश्चय करता कि वह शकुन को बिना बताए कल ही डॉक्टर के पास जाएगा और अपने को दिखा आएगा। यह झूठा लांछन वह क्यों अपने ऊपर ले!

पर सवेरा आता, तो पता नहीं उसे क्या होता कि डॉक्टर के यहां जाने की उसकी हिम्मत नहीं पड़ती। मन के किसी कोने में छिपा वह भय फैलता जाता और उसके सारे निश्चय डिग जाते। वह साइकल मोड़ लेता और सीधा ऑफिस ही पहुंच जाता।

संशय और द्वन्द्व से ग्रस्त, शकुन के दुःख से दुःखी और एक अजान आशंका से त्रस्त सतीश बस एक ही बात महसूस करता कि शकुन उससे दूर होती जा रही है—उसके शरीर से भी और मन से भी। कोई तीसरा प्राणी

उनके बीच आ जाता, तो वे कितने पास आ जाते ! उसके अभाव में, उसकी अनुपस्थिति में दिनों-दिन वे दूर-दूर ही होते जा रहे हैं।

पर कोई तीसरा प्राणी नहीं आया। हां, खाना बनाने के लिए एक बुढ़िया मांजी को सतीश ने ज़िद करके रख लिया। जब तक उस बड़े अभाव की पूर्ति नहीं हो जाती, वह शकुन के लिए सामर्थ्यभर दूसरी सुख-सुविधाएं जुटा देना चाहता था।

...एकाएक घंटों की आवाज़ के बीच बजरंगगढ़ की आरती का स्वर चारों ओर फैल गया। सतीश भी स्वर में स्वर मिलाकर गाने लगा। वह कई बार मंगल को शकुन के साथ बजरंगगढ़ आया है, उसे पूरी आरती याद है।

शकुन ने कमरा ठीक कर लिया होगा, अब चलना चाहिए। उसे एकाएक पछतावा होने लगा कि वह यहां क्यों आया। उसे भी शकुन के साथ कमरा ठीक करवाना चाहिए था। वह भी उतने ही उत्साह से काम करता, तो शकुन कितनी प्रसन्न होती ! वह क्या कहीं भी, कभी भी शकुन को प्रसन्न नहीं रख सकेगा ?

पर वह क्या करे ? उसे आज सचमुच कुछ अच्छा नहीं लग रहा है। आज क्या, उसे पिछले तीन-चार महीनों से कुछ भी तो अच्छा नहीं लग रहा। हां, शकुन ज़रूर कुछ प्रसन्न रहने लगी है। लगता है, जैसे उसने इस स्थिति को अपनी नियति मान लिया है। पर क्यों? दो वर्ष का समय कोई ऐसी अवधि तो नहीं है कि आदमी यों हताश हो जाए। उसके पास ऐसे लोगों की एक लम्बी लिस्ट है, जिनके विवाह के पांच-पांच, सात-सात साल बाद बच्चे हुए; पर शकुन तो जैसे कुछ भी सुनने-मानने को तैयार ही नहीं है। उसकी इस ज़िद के लिए क्या किया जाए ?

ज़िद ! क्या सचमुच यह ज़िद बिलकुल ही आधारहीन है ? और यदि है ही तो क्यों नहीं उसे प्रमाणित करके उसे इस त्रास से मुक्ति दे देता ? पर क्या हुआ है उसे, जो वह डॉक्टर के पास जाए? वह बिलकुल नॉर्मल आदमी है। ऐसा कुछ भी होता, तो क्या उसे पता नहीं लगता...क्या तीन साल तक शकुन को पता नहीं लगता? उसने कभी कुछ महसूस नहीं किया, तो फिर यह शंका उसके मन में आई ही क्यों ?

पर वह एक बार चला ही क्यों नहीं जाता? नहीं, वह शकुन की इस झूठी और बेतुकी ज़िद के सामने अपने को यों अपमानित नहीं होने देगा, पर हर बार

ही कहीं बहुत भीतर से एक प्रश्न-सा उठता—क्या वह सचमुच शकुन की ज़िद के कारण ही ज़िद किए बैठा है, और कहीं कुछ नहीं है ? किसी आशंका ने तो उसे नहीं रोक रखा है और यही आशंका धीरे-धीरे मन में गांठ बनाती चल रही थी। उसका खुद अपने पर से जैसे विश्वास उठने लगा था। उसे स्वयं शकुन का सन्देह कभी-कभी सच लगने लगा था। एक अपराध-भावना मन में घर करने लगी थी।

और तब उसने सोचा था कि शकुन को प्रसन्न करने के लिए वह सब कुछ करेगा। किसी भी कीमत पर वह उसे प्रसन्न रखेगा, पर बिना कुछ किए ही वह प्रसन्न रहने लगी, तो उसे लगने लगा कि वह कीमत उससे चुकाई नहीं जा रही है, बहुत भारी पड़ रही है।

उसने स्वयं आलोक के पत्र पढ़े हैं। उनमें उसे कहीं कुछ ऐसा नहीं लगा, जिससे वह आहत अनुभव करे...पर हमेशा उसे लगता है कि लिखे हुए शब्दों से परे भी कुछ है ज़रूर, वरना इन शब्दों में आखिर ऐसा है ही क्या, जो शकुन यों प्रसन्न रहती है ?

घर लौटने की बात फिर उसके मन में आई। आठ-दस आवारा-से लोगों को छोड़कर भले आदमियों की भीड़ जा चुकी थी। हवा में ठण्डक बढ़ती जा रही थी। सतीश ने खड़े होकर बड़े अलसाए भाव से एक ज़ोर की अंगड़ाई ली। सामने पानी के फैले विस्तार में अभी छोटी-छोटी लहरें उठ-बिखर रही थीं। तीन तरफ पहाड़ियों से घिरा यह तालाब और उठती-बिखरती ये लहरें!

शादी के बाद अक्सर वह शकुन को लेकर यहां आया करता था। शकुन ने तब इण्टर पास किया था। वे बैठकर आगे की योजना बनाया करते थे और एक सौ दस रुपये में पूरा महीना काटने का बजट भी। उसे याद आया, यहीं शकुन ने उसे अपने पहले प्रेम-प्रसंग की बात भी सुनाई थी और बताया था कि वह कैसे केवल उसकी पलकों को ही चूमा करता था और उस दिन घर लौटते समय वह रास्ते-भर यही सोचता रहा था कि वह अब कभी शकुन की पलकें चूमे या नहीं। नहीं, वह कभी उसकी पलकें नहीं चूमेगा, वरना उसे अवश्य ही अपने उस प्रेमी की याद आएगी और वह नहीं चाहता, चाहता क्या, शायद बर्दाश्त नहीं कर सकता कि शकुन उसके सिवा किसी और की बात सोचे। घर आकर उसने पूछा भी था—'अब भी

तुम्हें कभी अपने उस प्रेमी की याद आती है?'

शकुन हंसी थी—'देखो, औरत यदि किसीसे प्रेम करती है, तो उसकी बात ज़बान पर भी नहीं लाती। बात ज़बान पर आ गई, तो समझ लो, प्यार मर गया। वे सब तो निरे बचपने की बातें थीं।' और उसने सतीश के सीने पर सिर रखकर आंखें मूंद ली थीं।

एकाएक सतीश को याद आया—आलोक का पत्र आया था। शकुन पत्र पढ़ती जा रही थी और एक प्यारी-सी मुस्कान उसके चेहरे पर खिलती जा रही थी।

'ऐसा क्या लिख भेजा है लेखकजी ने...बड़ी मुस्कराहट फूट रही है !'

'कुछ नहीं, यों ही।'

रात को फिर उसने आलोक का प्रसंग छेड़ा था, तो शकुन एक तरह से झल्ला-सी उठी थी—'क्या बात है, देखती हूं, आलोकजी से परिचय मेरा है, पर छाए वे आपपर रहते हैं !' यह उत्तर उसे भीतर तक चीर गया था।

तो ?...सतीश को लगा, जैसे कोहरे से चारों ओर का वातावरण बड़ा बोझिल-बोझिल हो चला है। सामने का पानी एकाएक यों स्थिर हो गया, मानो उसमें कोई चेतना ही न रह गई हो।

अब यहां से चल ही देना चाहिए। साइकल पर बैठते ही ठण्डी हवा का एहसास तो हुआ, पर लगा, वह हलका या अधिक सहज-स्वाभाविक होकर नहीं लौट रहा है।

घर को सचमुच नया रूप मिल चुका था।

"मैं बहुत थक गई हूं।" कहकर शकुन करवट लेकर सो गई। पता नहीं, सो गई थी या सोने का बहाना करके पड़ी थी! नहीं, सो ही गई है शायद। उसने शकुन के चेहरे की ओर झुककर ज़रा गौर से देखा। थकान के लक्षण दिखाई दे रहे थे। शकुन को यों सोता देखकर ढेर-सा लाड़ उसके मन में उमड़ आया। भीतर ही भीतर उमड़ती-ऐंठती अपराध-भावना और ज़्यादा गहरा गई। मन का भय विश्वास का रूप लेकर गहरे उतरने लगा। सचमुच ही उसके भीतर कहीं कुछ है अवश्य। शकुन के साथ अन्याय ही

हो रहा है। उसे कोई अधिकार नहीं, शकुन पर इस तरह सन्देह करने का या आरोप लगाने का।

औरत की यह कितनी स्वाभाविक इच्छा होती है कि वह मां बने ! मान लो, यह बात प्रमाणित हो जाए कि वह कभी शकुन को मां नहीं बना सकता है, तो? जाने कैसा विचार उसके मन में आया कि वह भीतर तक सिहर गया। फिर वह अपने को जैसे तौलने लगा। क्या वह शकुन की इस इच्छा को पूरी करने में सहायक हो सकता है ? क्या वह अपनी इस दुर्बलता के सामने घुटने टेककर ऐसी तटस्थ उदारता ला सकता है कि वह जैसे भी हो, अपनी इच्छा पूरी कर ले ? मान लो, कभी ऐसा कुछ हो जाए, तो क्या वह उस बच्चे को स्वीकार कर सकेगा? नहीं, शायद शकुन की पलकों की तरह वह उस बच्चे को भी कभी नहीं छू सकेगा। जहां पर दूसरे की छाप है, उसे स्वीकार करना उसके लिए असंभव है। किसीका बच्चा...

उसने झपटकर टेबल-लैम्प का स्विच दबा दिया। कमरे में एक क्षण को घुप अंधेरा छा गया, यहां तक कि पास लेटी शकुन की आकृति भी अंधेरे में डूबकर रह गई।

धीरे-धीरे फिर सब चीज़ें अपना रूप लेने लगीं। क्षण-भर को जो सब कुछ डूब गया था, फिर दिखाई देने लगा—स्पष्ट, और अधिक स्पष्ट । सतीश को बड़ी तसल्ली मिली। वह अपने कमरे में ही है और अंधेरे में भी सब कुछ देख सकता है, पहचान सकता है; कहीं कुछ नहीं बदला है। वह भी कैसी आधारहीन और निरर्थक बातों को बढ़ा-बढ़ाकर व्यर्थ ही भयभीत होता रहता है !

बांह फैलाकर उसने शकुन को अपने पास खींचकर ज़ोर से भींचना चाहा। शकुन ने हलका-सा विरोध किया, "छोडो, बड़ी गर्मी लग रही है।"

फरवरी का महीना बीत ही गया था। सर्दी चाहे न हो, पर गर्मी का तो नाम भी न था। कम्बल ओढ़कर ही सोते थे। उसे जून की वह बात याद आई। एक दिन ऐसे ही भयंकर गर्मी से चिपचिपाते हुए शकुन को उसने अलग कर दिया था, तो दूसरे ही दिन अपनी बचत के सारे पैसे सामने रखकर उसने कहा था, 'आज ही एक टेबल-फैन खरीदकर लाओ। तुम तो जानते ही हो कि मुझे...' और वह बड़ी तिरछी नज़रों से देखकर हंस पड़ी थी।

उनके घर टेबल-फैन ऐसे ही आया था।

तांगा चला तो सतीश का मन गहरे अवसाद में डूबने लगा। स्टेशन आते समय मन में विशेष उत्साह और प्रसन्नता चाहे न रही हो, पर ऐसी खिन्नता भी नहीं थी, डूबने-डूबने का यह एहसास भी नहीं था। पर अब ? अब उसकी नज़र पास बैठे आलोक के सीने की चौड़ाई में ही बंधकर रह गई और मन कहीं गहरे डूबने लगा।

"कैसा शहर है अजमेर?"

"आप खुद ही देख लीजिए, दो-चार दिन तो ठहरिएगा ही?"

"अरे नहीं साहब, आज रात को ही वापस लौट जाना है। शकुनजी का इतना आग्रह था, फिर आपका कार्ड मिला तो लगा, आना ही पड़ेगा।"

एक बोझ-सा हटा। ऐसे खुले व्यवहार का जन्म किसी रहस्य से तो हो ही नहीं सकता। वह व्यर्थ ही बैठा-बैठा कुढ़ रहा है। यह उसका अपना ही हीनभाव है और कुछ नहीं।

पर इसकी ये स्वस्थ भुजाएं, उनपर उभरी मछलियां...

सवेरे पता नहीं क्यों एकाएक शकुन ने अपना इरादा ही बदल दिया था, 'मैं स्टेशन नहीं जाऊंगी, तुम्हीं जाकर ले आओ!'

कहीं थोड़ा आश्वस्त और संतुष्ट-सा होते हुए भी उसने कहा था, 'अरे वाह! यह भी कोई बात हुई भला? इतना आग्रह करके बुलाया है और अब लेने नहीं जाओगी? शिष्टता भी तो कोई चीज़ होती है आखिर!'

'तुम तो पहुंच ही जाओगे। घर से कोई भी जाए, क्या फर्क पड़ता है ?' सतीश ने गौर से शकुन को देखा था। क्या सचमुच शकुन उसे और अपने को एक ही समझती है ? कितने सहज भाव से उसने कह दिया कि कोई भी चला जाए, क्या फर्क पड़ता है, और एक वह है कि दो दिन से पता नहीं क्या-क्या सोच रहा है ! उसके मन का तनाव एकाएक ही ढीला हो गया, फिर भी उसने कहा था, 'मैं तो पहचानता भी नहीं, चलना तुमको ही चाहिए।'

'तस्वीर तो तुमने भी देखी है, पहचान ही लोगे।'

'खैर, पहचान तो लूंगा ही।' और उसे लगा, वह तस्वीर न भी देखता, तो भी पहचान लेता; और स्टेशन क्या, हज़ारों की भीड़ में भी वह आलोक

को पहचान सकता है।

शकुन मुस्कराई थी। उस समय तो सतीश नहीं भांप सका, पर अब उसे लगने लगा कि शकुन की उस मुस्कराहट में कहीं बड़ा तीखा व्यंग्य लिपटा हुआ था।...

"विचित्र संयोग है, पहली बार जयपुर आया था तो शकुनजी से मुलाकात हुई थी, इस बार आया तो उनके घर आना पड़ा।" आलोक हंसा।

यह सारी बात इतने सहज ढंग से कैसे कर लेता है ? इसे क्या नहीं मालूम कि शकुन के निमंत्रण पर यों चले आने से मैं, शकुन का पति, कुछ गलत अर्थ भी तो लगा सकता हूं ! पर ऐसी बात का बोझ तभी होता है, जब आदमी के अपने मन में पाप हो। नहीं...नहीं, यह सब मेरा भ्रम है। कहीं भी तो कुछ नहीं है। आलोक से मिलकर आते ही शकुन ने भी तो सब कुछ बता दिया था। सब कुछ तो ठीक है । गलत कहीं कुछ है तो उसके अपने भीतर ही है। छिः, मन के संशय ने उसकी आत्मा को भी कितना दुर्बल बना दिया है !

आलोक शकुन का ही नहीं, उसका भी मेहमान है। शकुन कोई उससे अलग तो है नहीं, वह ज़बरदस्ती ही इस अलगाव को पैदा कर रहा है और व्यर्थ ही कष्ट पा रहा है। कुछ होता तो शकुन उसे यों अकेले स्टेशन भेजती ?

घर आते ही उसने आलोक की अटैची स्वयं उठा ली। आलोक ने हलका-सा विरोध भी किया, पर वह नहीं माना। आखिर आलोक उन लोगों का मेहमान है। सामने बरामदे में ही शकुन प्रतीक्षा में खड़ी थी...उन्हें देखकर दोनों सीढ़ियां उतरकर सड़क पर आ गई।

"देखो, सही आदमी को ही लाया हूं न ?" तीनों हंस पड़े और उसने सोचा, अब वह ऐसे ही व्यवहार करेगा। बहुत ही सहज और स्वाभाविक ढंग से। मन एकाएक ही हलका हो आया।

तीनों भीतर घुसे, तो सजा हुआ कमरा उसे स्वयं बड़ा अच्छा लगा। आखिर इस घर का मालिक तो वही है। शकुन कुछ औपचारिक-सी बातें कर-पूछ रही थी और वह मन ही मन सोच रहा था—आज वह सबको खूब हंसाएगा। ऐसे-ऐसे चुटकुले सुनाएगा कि बस। लेखक वह चाहे न हो, पर मूड में आ जाए, तो लोगों को ऐसी बढ़िया कम्पनी दे सकता है कि एक बार मिलने

के बाद लोग उसे आसानी से भूल नहीं सकते । शकुन को वह आलोक के सामने कतई महसूस नहीं होने देगा कि उसका पति, मात्र एक क्लर्क है—बूदम और डल ! कितने दिन हो गए हैं उसे हंसे और हंसाए !

आलोक दीवार पर लगी उन लोगों की तस्वीर को देख रहा है, जो उन्होंने विवाह के बाद ही खिंचवाई थी।

"यह क्या बहुत पुरानी है ? इसमें तो बड़े यंग और स्मार्ट लग रहे हैं आप लोग !" सतीश को लगा, यह रिमार्क उसने केवल शकुन के लिए दिया है, उसे तो बस यों ही औपचारिकता के नाते शामिल कर लिया है। और एकाएक उसने शकुन की ओर देखा, तो पहली बार इस बात पर ध्यान गया कि बड़े यत्न से उसने अपने उन सब पक्षों को पूरी तरह उभारा है, जहां-जहां से वह सुन्दर लगती है। पर उससे क्या, यह तो बहुत ही स्वाभाविक है। उसे ऐसी छोटी-छोटी बातों का ध्यान भी क्यों आता है ?

"शकुन, अब तुम गरम चाय पिलाओ तो आलोकजी की थकान भी उतरे और थोड़ी ताज़गी और गरमाहट भी आए।" अपने स्वर की स्वाभाविकता उसे स्वयं बड़ी अच्छी लगी।

"मैं सिगरेट पी लूं?" होंठों में सिगरेट दबाते हुए आलोक ने अनुमति मांगी।

"मुझे तो अभी भी जैसे विश्वास ही नहीं हो रहा है कि आप कभी हमारे घर आएंगे भी कि आप आ गए हैं।" बड़े गदगदाते भोलेपन में शकुन बोली।

"लो, कमाल कर दिया। सशरीर सामने बैठकर भी यदि विश्वास न दिला सकूं, तब तो मामला बड़ा मुश्किल है।" आलोक ज़ोर से हंसा।

"मैं सचमुच कितनी खुश हूं, कि आपने मेरा निमन्त्रण स्वीकार कर लिया !"

"मैं तो इस बात से खुश हूं कि तुमने किसीको निमन्त्रण दिया तो ! आलोकजी, आपको शायद विश्वास नहीं होगा, पर आप पहले आदमी हैं, जिसके आने पर शकुन यों खुश हो रही है, वरना शकुन को इस घर में तीसरे आदमी की उपस्थिति तक बरदाश्त नहीं होती।"

"चलिए, बेकार बदनाम मत कीजिए।" ठुनककर शकुन बोली। "देखिए

आलोकजी, घर के नाम पर कुल यह एक कमरा है हम लोगों के पास। यह पार्टीशन भी डेढ़ साल से लगा है, पहले तो यह भी नहीं था। कोई भी आ जाता तो समझ ही नहीं आता कि कहां हम सोएं-बैठें, कहां उसे सुलाएं-बिठाएं। फिर मुझे एकान्त और प्राइवेसी पसन्द है, अब चाहे कोई कुछ भी कह ले।"

'एकान्त ! प्राइवेसी !'.. क्या आलोक इन शब्दों के अर्थ नहीं समझेगा?

"तब तो मेरे आने से भी आपको कष्ट होगा। वैसे मैं तो आज रात को ही चला जाऊंगा..."

"धत् !'' बीच में ही बात काटते हुए शकुन बोली, "कैसी बातें करते हैं आप भी! आपके आने से कष्ट ! यह तो हमारा सौभाग्य है। हां, आपको ज़रूर कुछ कष्ट हो सकता है; पर हमारी खातिर इसे भी सहिए !" फिर एकाएक पूछा, "क्या आप आज ही चले जाएंगे ?"

"बिलकुल ! हर हालत में। कल सवेरे मुझे पहुंच ही जाना है।"

बुढ़िया नौकरानी चाय ले आई। सतीश ने देखा, ट्रे बड़े करीने से सजाई गई है। शकुन शायद पहले ही सब कुछ कर आई थी। शकुन के मुंह से बार-बार 'हम-हम' शब्द सुनकर सतीश का आत्मविश्वास जैसे बढ़-सा रहा था। शकुन ने और ठहरने के लिए एक बार भी नहीं कहा। आलोक भी ठहरने को व्यग्र नहीं। सभी कुछ तो बड़ा नॉर्मल है। नहीं, तुच्छता से जन्मे सारे सन्देहों को वह पोंछ देगा।

चाय चलती रही। शकुन बड़ी आत्मीयता-भरी मनुहार से आलोक को खिला रही है। आज उसे अपना घर क्लर्क के घर से छोटे अफसर के घर के रूप में बदला हुआ लग रहा है। एक नामी लेखक उसके घर में बैठा हुआ है, उसकी पत्नी सजी-संवरी, कलफ की साड़ी पहने सबको सर्व कर रही है...और इस घर और इस स्त्री का स्वामी वह है, केवल वह। इधर-उधर की गपशप चलती रही। आलोक खुशमिज़ाज, हंसमुख और खुले स्वभाव का व्यक्ति है। अभिमान या बड़प्पन का बोध तक नहीं। शकुन खास नहीं बोल रही, केवल सुन रही है। वैसे बोलना उसे ही सबसे ज़्यादा चाहिए। जो भी हो, आखिर वह है तो उसीका मेहमान।

"तुम ज़रा तरकारी ले आओ !"

"पहले नहा लूं।"

"नहीं, नहाना बाद में, पहले तरकारी ले आओ !" अधिकार-भरे स्वर में आदेश देती-सी शकुन बोली। और सतीश को लगा, जैसे अब वह थोड़ा एकान्त चाहती है, प्राइवेसी !

हवा उलटी थी या पता नहीं क्यों, साइकल बड़ी भारी चल रही थी और सतीश को पूरा ज़ोर लगाकर पैडिल मारने पड़ रहे थे।

वह लौटा तो शकुन और आलोक आमने-सामने बैठे बातें कर रहे थे। दोनों के बीच सिगरेट का हलका-सा धुआं छाया हुआ था। उसे देखते ही शकुन ने अपनी बात अधूरी छोड़ दी। न मालूम-सा खिंचाव भी उसे शकुन के चेहरे पर दिखाई दिया।

"ले आए ?" ज्यों के त्यों बैठे-बैठे ही उसने पूछा। उठकर उसने थैला तक नहीं लिया।

"अब तुम नहा लो। तरकारी उधर मांजी को ही दे देना।"

"हां-हां, देखिए, आप लोग अपने रूटीन में किसी तरह की गड़बड़ न करिएगा। आप ऑफिस कितने बजे जाते हैं ?"

"दस पर पहुंचना होता है, साढ़े नौ के बाद निकल जाता हूं।" सतीश ने किसी तरह शब्दों को ठेलकर जवाब दिया।

"और तुम ?"

पन्द्रह मिनट में ही स्थिति 'तुम' पर आ गई ? नहीं, शायद बहुत पहले से ही यह स्थिति चल रही थी।

"मैंने तो आज छुट्टी ले ली है। एक दिन के लिए आप आए हैं, सारा दिन स्कूल में गुज़ार दूंगी, तो आपसे बात कब करेंगे ?"

'करेंगे' ! तो क्या शकुन उससे भी छुट्टी लेने के लिए कहेगी ? यदि कहा, तो क्या वह ले लेगा ? लेनी चाहिए उसे ?

नहीं, बहुवचन का प्रयोग तो वह अपने लिए भी कई बार करती है। चाय के समय चुप क्यों बैठी थी ? करती न उस समय बात ! और आलोक अब रूटीन गड़बड़ करने की बात क्यों नहीं करता ? कुछ देर पहले तक तो छुट्टी की कोई बात भी नहीं थी। और उसे लगा कि फिर सब कुछ गड़बड़ा गया है, बाहर भी और उसके अपने भीतर भी।

वह नहाकर लौटा और पार्टीशन के इधर निःशब्द तैयार होने लगा। कान उसके उधर ही लगे हुए थे।

शायद किसी किताब का ज़िक्र हो रहा था। आलोक ही बोल रहा था। शकुन को जो बातें करनी हैं, वह करती क्यों नहीं? शायद वह उसके जाने की राह देख रही है।

ऐसा ही है तो वह इधर ही रहेगा, क्यों व्यर्थ ही उन लोगों के बीच जाकर बैठे ? पर उससे रहा नहीं गया।

"तुम यहां बैठो, मैं ज़रा खाने के लिए मांजी को समझा आऊं।"

सतीश बैठ गया, पर उसे समझ ही नहीं आया कि वह क्या बात करे। आलोक ने एक नई सिगरेट सुलगाते हुए कहा, "आपका जो काम है उसके साथ साहित्य का तो कोई संबंध बैठता ही नहीं। यह शौक आपको कैसे लगा आखिर ?"

"शौक कहां है ! शकुन कहानी-उपन्यास पढ़ने की शौकीन है, सो बस, खाली समय में मैं भी पढ़ लेता हूं । साहित्य की कोई खास समझ-वमझ तो है नहीं।" वह कह तो गया, पर फिर उसे लगने लगा कि कहीं कुछ गलत हो गया है। एजुकेशन बोर्ड में काम करने वाला आदमी साहित्य में रुचि नहीं रख सकता या साहित्य नहीं समझ सकता, ऐसा कोई नियम तो है नहीं। कौन कहता है कि वह साहित्य नहीं समझता ? अच्छा हुआ कि शकुन यहां नहीं है। अब उसे कोई वज़नदार बात पूछनी चाहिए। कुछ सोचकर उसने पूछा, "अच्छा, यह बताइए, आप लोग जो लिखते हैं, उसका आधार वास्तविकता होती है या मात्र कल्पना? मेरा मतलब, जो आप स्वयं भोग चुके होते हैं, वही लिखते हैं, या..."

"इस विषय में कोई निश्चित नियम तो नहीं है।" सतीश की अधूरी बात का पूरा मतलब समझते हुए आलोक बोला, "अलग-अलग लोगों का अपना अलग-अलग ढंग होता है । अपने बारे में मैं यही कह सकता हूं कि मेरी वे ही रचनाएं ज़्यादा सशक्त या सजीव हैं, जिनको मैंने स्वयं भोगकर लिखा है।" फिर एक क्षण ठहरकर बोला, "बड़ा विचित्र प्रोसेस होता है यह भी। जिन स्थितियों में हम पूरी तरह इनवॉल्व्ड होते हैं, वहां कभी-कभी बड़ी निर्ममता से काटकर हमें अपने को तटस्थ रखना पड़ता है, और कहीं-कहीं बिना किसी लगाव के भी पूरी तरह इनवॉल्व्ड होने का अभिनय करना पड़ता है। इस

मामले में लेखक को बड़ा निर्मम होना पड़ता है सतीशजी! मां की मौत पर जब सारा घर बैठकर रो रहा था, बिलख रहा था, मेरा मन सारी स्थिति से अनछुआ रहकर उसी घटना पर कहानी बुन रहा था। दूसरों की बात क्या कहूं, कभी-कभी मुझे खुद विश्वास नहीं होता कि..."

इससे ज़्यादा वज़नदार बात तो उसके दिमाग में आ भी नहीं सकती। यह तो बैठकर ज्ञान ही बघारने लगा। उसे लिखने के प्रोसेस में कोई दिलचस्पी नहीं है। अच्छा हुआ, शकुन यहां नहीं है, वरना इसके बाद वह क्या पूछता? आलोक बोले चला जा रहा था—

"कभी-कभी ऐसे व्यक्तियों में कहानी की गन्ध आती है, जिनसे लगाव तो क्या, हमारा विशेष परिचय भी नहीं होता, फिर भी कहानी निकालने के लिए हमें लगाव ओढ़ना पड़ता है...यों समझिए, एक्टिंग करनी पड़ती है। बड़ा खतरनाक खेल होता है यह। कभी-कभी तो एक कहानी की दस गुनी कीमत भी अदा करनी पड़ती है।"

तभी शकुन आ गई और सतीश के दिमाग में कुछ कौंधतेकौंधते रह गया।

"आलोकजी, आप भी नहा लीजिए। असली थकान तो नहाने से ही जाएगी। मैं गरम पानी रख आई हूं।"

"नहा लेंगे, जल्दी क्या पड़ी है! मैं कोई ब्राह्मण तो हूं नहीं कि नहाकर ही मुंह जूठा करूंगा।"

शकुन हंसी । सतीश को हलका-सा अफसोस हुआ कि वह हंस क्यों नहीं सका।

"नहीं, नहा डालिए।" आलोक की अटैची उठाकर सामने टेबल पर रखती हुई शकुन बोली।

यह अपनत्व-भरा अधिकार कहां से आ गया? और फिर उसे लगने लगा, कहीं कुछ है, जो उसे मालूम नहीं है। जो कुछ जिस रूप में सामने है, मात्र वही नहीं है, इसके परे कहीं कुछ और भी है...है...

आलोक के जाते ही शकुन ने कहा, "कमीज़ तो नई पहन लेते, कितनी मुस रही है यह!"

"क्यों? ठीक है यह! मैं हमेशा ही कमीज़ तीन दिन पहनता हूं, आज ही

ऐसी कौन-सी खास बात है !" वह शकुन को जता देना चाहता है कि आलोक उसके लिए कोई विशेष महत्त्व नहीं रखता।

शकुन चुपचाप सतीश का खाना लेने चली गई। रोज़ की तरह वह उसे खिला रही है, पर सतीश को लग रहा है कि शकुन ने हर काम की योजना बना रखी है। सतीश के सामने तो समय बर्बाद ही होता, सो वह समय नहाने में लगवा दिया। इधर सतीश जाएगा और उधर आलोक तैयार!

शकुन ने एक बार भी उससे तो छुट्टी लेने के लिए नहीं कहा, बल्कि शायद वह मन ही मन मना रही है कि जल्दी से जल्दी सतीश वहां से चला जाए। इतनी साफ बात है और वह समझ नहीं रहा है।

क्रीम रंग के अण्डी के कुरते में जंचा-जंचाया आलोक घुसा, तो सतीश को अपनी मुसी हुई कमीज़ अखर गई। आज उसे कमीज़ बदल ही लेनी चाहिए थी, शकुन ने ठीक ही कहा था। उसे लगा, जैसे क्लर्की करते-करते सचमुच ही वह डल हो गया है शायद । समय पर उसे कोई बात सूझती ही नहीं, बाद में बेवकूफों की तरह अफसोस करता रहता है।

"तो आप तो चले ?"

"हां, मैं तो अब चला। शकुन है आपके पास।" और उसने देखा, शकुन मुग्धभाव से आलोक को देख रही है।

"लौटिएगा कब ?"

"अब तो साढ़े पांच पर ही मुलाकात होगी। शाम को बाहर चलेंगे, और कुछ नहीं तो यहां का दौलतबाग और आनासागर ही देख लीजिए। शकुन को तो वह जगह बड़ी ही प्रिय है। शादी के बाद की कुछ शामें तो हमारी वहीं बीतीं। वहां जाते ही शकुन को बस हनीमून का सा मूड आ जाता है आज भी।" और सतीश हंस पड़ा। उसने सोचा, बड़ी मार्के की बात वह कहता जा रहा है। आलोक जान ले कि उन दोनों के बड़े मधुर संबंध हैं, उसके मन में कोई ऐसी-वैसी बात हो भी तो निकाल दे। "अच्छा साहब, चले।" और वह बाहर आ गया। रोज़ की तरह शकुन भी बाहर आई उसे विदा करने ; पर सतीश को इस समय भी शकुन के चेहरे पर वही मुग्ध-भाव दिखाई दिया, जो आलोक को देखते समय उभर आया था। उसे लगा, वह देख अवश्य उसे रही है, पर मन में कहीं आलोक को ही देख रही है।

एक बजे तक वह जैसे-तैसे अपने को फाइलों में डुबोए रखने का प्रयत्न करता रहा। फिर एकाएक उसे लगा, अब नहीं ठहरा जाएगा। उसने उसी समय एक स्लिप लिखकर बॉस के कमरे में भेज दी कि उसकी तबीयत ठीक नहीं है, सो वह घर जा रहा है, और निकल आया।

घर लौटना ठीक होगा? दोनों यही तो समझेंगे कि मुझे उन लोगों पर सन्देह है। अगर ऐसी कोई बात नहीं हुई तो कितना ओछा समझेंगे वे लोग ! आत्मग्लानि से उसका मन भर आया। पांच साल के विवाहित जीवन में उसे ऐसी कोई बात याद नहीं, जो शकुन के प्रति उसे शंकालु बना दे। पिछले दो साल से वह खिन्न अवश्य रहती, कुछ दूर-दूर भी रहती है, पर उसका कारण तो वह स्वयं जानता है। कितना स्वाभाविक है उसका यों खिन्न रहना! फिर खिन्नता तो दो साल से चल रही है, जब कि आलोक से परिचय कुल चार महीने का है। दोनों बातों को एकसाथ जोड़ने की कोई तुक ही नहीं है।

सचमुच यह उसका अपना कॉम्पलेक्स ही है, जिसे उसने इतना शंकालु, ओछा और कुछ हद तक कमीना भी बना दिया। अपनी ऐसी हरकतों से तो कभी-कभी उसे स्वयं भी विश्वास होने लगता है कि उसका भय कहीं सच ही है, वरना यह सब क्यों हो?"

उसे रोज़ की तरह ऑफिस में काम करना चाहिए था, पर अब ? अब कुछ नहीं। वह सीधा घर जाएगा और साफ कहेगा कि वह भी छुट्टी लेकर आ गया है। आलोकजी आखिर रोज़-रोज़ तो हमारे घर आने से रहे। फिर वह उनको घुमाने ले जाएगा। पहले वह उन्हें सोनीजी का मन्दिर दिखा देगा, फिर वे लोग आनासागर पर जाकर बैठ जाएंगे। वहीं वह अपने लतीफे सुनाएगा। वे सब तो अभी रह ही गए। वह चुन-चुनकर लतीफे याद करने लगा—कौन-कौन-से लतीफे उसके नाम से प्रसिद्ध हो गए थे !

गाड़ी तो रात को दस बजे जाती है। आनासागर से तांगा लेकर वह उसे कॉफी-हाउस ले जाएगा। बड़े शहरों के मुकाबले में तो यहां का कॉफी-हाउस कुछ भी नहीं, फिर भी कम से कम यह तो दिखा ही देगा कि वह सिर्फ क्लर्क ही नहीं, इस ज़िन्दगी से भी परिचित है। लेखक लोग तो कॉफी-हाउस में ही बैठे रहते हैं। कुछ रुपये ही तो खर्च होंगे, पर शकुन

कितनी प्रसन्न होगी ! वह उसके इस आरोप को गलत सिद्ध कर देगा कि उसे आलोक का आना अच्छा नहीं लगा। इसमें अच्छा न लगने की बात ही क्या है भला ?

पर घर आया तो पता नहीं क्यों उसने साइकल घर से दस कदम दूर ही रख दी। दबे पांव वह सीढ़ियां चढ़ा। उसका दिल घबराने लगा था, मानो वह किसी दूसरे के घर में चोरी करने घुस रहा हो। कुछ क्षण बरामदे में खड़े रहकर वह आहट लेता रहा—शायद कुछ बातचीत की आवाज़ ही आ रही हो, पर कहीं कुछ नहीं था। दरवाज़ा बंद था, फिर भी उसने हलके से धक्का दिया, शायद खुल ही जाए! नहीं, दरवाज़ा भीतर से बंद था। अब ? फिर उसने दरवाज़े से कान लगाया। बाहर के कमरे में बैठकर बात कर रहे होते, तब तो बाहर साफ-साफ आवाज़ आती। इसका मतलब है, सोने वाले हिस्से में बैठे हैं। पर उधर तो शकुन किसीको सोने नहीं देती । आलोक शायद 'किसी' की श्रेणी में नहीं आता ! तब ?

और एकाएक मन हुआ कि लात मारकर वह दरवाज़ा तोड़ दे और भीतर दोनों को रंगे हाथों पकड़ ले। शकुन को बातें करनी थीं, इसीलिए तो छुट्टी ली थी; पर बातों का तो कोई सिलसिला ही नज़र नहीं आता। भीतर क्या हो रहा है आखिर ? कैसे जाने, कहां से जाने ?

इस समय घर का दरवाज़ा रोज़ ही बंद रहता है, पर रोज़ शकुन घर पर नहीं रहती है इसलिए। आज इसका भीतर से बंद होना कोई विशेष अर्थ नहीं रखता? क्या वह लौट जाए? नहीं, वह लौटकर नहीं जाएगा। वह दरवाज़ा खटखटाएगा और देखेगा कि खुलने में कितनी देर लगती है। वह चेहरा देखकर ही भांप लेगा कि भीतर क्या हो रहा था!

वह फिर एक कदम आगे बढ़ा, दरवाज़ा खटखटाने के लिए हाथ भी उठाया; पर बस, दरवाज़े को धीरे से छूकर रह गया। नहीं, उसे इस तरह अधीर नहीं होना चाहिए। मान लो, कुछ नहीं हुआ तो वह उनकी नज़रों में तो गिरेगा सो गिरेगा, अपनी नज़रों में कितना गिर जाएगा! एकदम उसे खिड़की का खयाल आया। खिड़की भी भीतर से बंद थी। अच्छा! खिड़की बंद करने की क्या ज़रूरत थी ? ऐसी सर्दी तो अब रह नहीं गई। कमरे में हवा आने के लिए यह खिड़की और दरवाज़ा तो है ही बस, दोनों ही बंद हैं, तो? उसने सारी

खिड़की पर नज़र दौड़ाई...कहीं कोई छेद ही हो, जहां से वह भीतर झांक सके, पर कहीं एक छोटा-सा सूराख तक नहीं मिला। फिर उसने दरवाज़े को टटोला । कहीं कुछ नहीं। उसे पहले इस बात का खयाल क्यों नहीं आया? एक सूराख ही करके रख देता।

पर वह क्यों इस तरह अपराधी महसूस कर रहा है ? यह उसका अपना घर है। इसमें वह जब भी चाहे, आ-जा सकता है। आखिर वह अपने घर में ही तो आया है। अपने घर में आना न चोरी है, न गुनाह । उसे क्या होता जा रहा है कि वह अकारण ही डरने लगता है ! जैसे ही शकुन दरवाज़ा खोलेगी, कह देगा कि वह भी आधे दिन की छुट्टी लेकर आया है।

तभी उसके सामने शकुन का चेहरा घूम गया—आंखों में धिक्कार और भर्त्सना-भरे । मान लो, वह यही कह दे—आखिर आ गए ना! तुम इसके सिवाय और कर ही क्या सकते हो!

हाथ फिर निर्जीव हो गया।

कोई तो आवाज़ आए, किसी तरह की। खौलते मन को यह निश्चय तो बंधे कि भीतर की वास्तविक स्थिति क्या है ?

और उसे लगने लगा कि जिस तरह उसने शकुन की पलकें चूमना छोड़ दिया था, वैसे ही अब उसे बांहों में लेना भी छोड़ देना पड़ेगा...शायद धीरे-धीरे करके उसे पूरी की पूरी शकुन को ही छोड़ देना पड़ेगा।

वह संशय में क्यों पड़ा हुआ है! उस जैसा बेवकूफ आदमी शायद ही दुनिया में हो। सब कुछ आंखों से देखकर ही जाना जाता है ? क्या वह कुछ भी अनुमान करने का माद्दा नहीं रखता? शकुन आजकल जिस मनःस्थिति में है, उसे वह क्या नहीं जानता? तो क्या शकुन...

वह नगरा, गुलाब-बाड़ी,आदर्श नगर—जाने कहां-कहां साइकल लिए घूमता रहा। उसे बराबर लग रहा था कि कहीं बहुत बड़ा धोखा उसके साथ किया जा रहा है। उसका मन हो रहा था कि वह सबपर बस थूकता चले ! क्या करे अब वह ? कहां जाए? उसका कोई घर नहीं, कोई अपना नहीं। जिस शकुन को पिछले पांच साल से वह अपने शरीर के अभिन्न अंग की तरह प्यार करता आ रहा है, वह इस समय किसी और की बांहों

में पड़ी मस्ती मार रही होगी...और वह है, जो बेघर-बार होकर यों दर-दर भटक रहा है।

और यों ही निरुद्देश्य भटकते-भटकते जब वह पूरी तरह लस्त हो गया तो फिर आनासागर की बारहदरी के उसी कोने पर आकर बैठ गया। उसे लगा, आज उसमें और उन आवारा, बेघर-बार लोगों में कोई फर्क नहीं रह गया है, जो रात-दिन यहां पड़े रहते हैं। वह भी अब यहीं पड़ा रहेगा। उसे कोई नौकरी नहीं करनी है, कोई काम नहीं करना है। कौन है उसका, जिसके लिए खून-पसीना एक करे?

उसे सबसे नफरत होने लगी।

और उसे लगा, वह सचमुच ही पौरुषहीन है। कोई मर्द-बच्चा होता, तो लात मारता दरवाज़े के और झोंटा पकड़कर बाहर कर देता शकुन को और दो झापड़ मारता उस लफंगे के। उसके सारे अस्तित्व को बुरी तरह मथता हुआ आज यह विश्वास पूरी तरह उसके मन में जम गया कि वह पुरुष नहीं है...और उसे लगा, यह बात तो वह बहुत पहले से ही जान गया था, तभी तो कभी उसकी हिम्मत नहीं हुई कि जाकर डॉक्टर को दिखा आए। आज के व्यवहार ने तो पूरी तरह सिद्ध भी कर दिया। लानत है उसपर। थूः! उसने सामने पानी में थूक दिया। कोई असली मर्द का बच्चा होता तो...उसे अपने-आपसे नफरत होने लगी। ठीक ही तो किया शकुन ने। कौन औरत ऐसे नामर्द की पत्नी होकर रहना पसन्द करेगी?

और फिर वह निढाल होकर लेट गया। उसकी आंखों के कोनों से आंसू बहने लगे। वह मन ही मन गालियां देने लगा। साला शोहदा कहीं का! कहानी लेने आया है! शकुन ने उसे ज़रूर बता दिया होगा! शकुन, किस जन्म का बैर तुमने मुझसे निकाला है! उस आदमी के सामने मुझे नंगा किया, जिसके सामने मुझे वस्त्रों की सबसे ज़्यादा आवश्यकता थी।

बजरंगगढ़ की आरती फिर गूंज उठी। तो सात बज गए? वे ज़रूर भले आदमी बने उसकी राह देख रहे होंगे। अब वह यदि घर चला जाए, तो दोनों कैसा नाटक करेंगे! शकुन लड़ेगी कि इतनी देर क्यों कर दी। दो घंटे से इंतज़ार में बैठा रखा है। सारा प्रोग्राम गड़बड़ कर देते हैं। मन ही मन चाहे खुश हो रहे होंगे साले, मस्तियां मार रहे होंगे!

आलोक ने तो कहा ही था कि जहां हम इनवॉल्व्ड नहीं होते, वहां भी कभी-कभी अभिनय करना पड़ता है। पर शकुन ! वह यह अभिनय कहां से सीख गई ? उसीने सिखा दिया होगा, अपना उल्लू सीधा करने के लिए। यह अभिनय तो सभी स्तरों पर चल रहा है और शायद शुरू से ही चल रहा है। वही बेवकूफ है, जो कुछ समझा नहीं। तभी शकुन चार महीने से प्रसन्न रहने लगी थी, वरना बाकी स्थिति तो ज्यों की त्यों है। वह प्रेम तो चार महीने से पक रहा है, वरना दो-चार घंटे में कोई विवाहित स्त्री एक अजनबी के साथ यों कमरा बंद करके बैठ सकती है !

क्या-क्या हुआ होगा आज ? शकुन ने आखिर क्या सोच रखा है ? क्या चाहती है वह ?

और जाने कैसे-कैसे दृश्य उसकी आंखों के सामने घूमने लगे ! आज वह घर लौटेगा ही नहीं। आज सालों को जश्न ही मनाने दो; मेरे अपने घर में मेरा ही श्राद्ध करने दो। मैं यहीं पड़ा रहूंगा। किसका घर और किसकी बीवी ?

उसने रूमाल से अपना चेहरा ढंक लिया। यह मुंह किसीको भी दिखाने लायक नहीं है।

धीरे-धीरे आरती का स्वर शून्य में डूब गया। केवल आरती के घंटे बजते रहे—टन्...टन्...टन्।

थोड़ी देर बाद सतीश उठा और साइकल पर बैठकर चल पड़ा। उसे लग रहा है कि वह थककर चूर-चूर हो गया है और भीतर ही भीतर से इस तरह टूट गया है कि उसका सब कुछ एकदम जड़ और सुन्न हो गया है। कुछ भी सोचने-समझने की शक्ति उसमें नहीं रह गई, यहां तक कि उसे यह भी नहीं मालूम कि वह कहां जा रहा है; पर थोड़ी देर बाद वह अपने घर के सामने ही था।

ठीक है, वह घर ही जाएगा। वह घर उसका है। जाना ही है तो शकुन जाए। जिसे अब इस घर में अच्छा नहीं लगता, वह क्यों यों मुंह छिपाए-छिपाए फिरता रहे ?

उसे देखते ही शकुन ने भौंहें चढ़ाकर कहा, “कमाल कर दिया तुमने तो, अब आ रहे हो ?” उसके स्वर में शिकायत थी।

“हम लोग तो पांच बजे से आपकी प्रतीक्षा कर रहे हैं।” आलोक का स्वर था।

दोनों साले कपड़े बदलकर जंचा-चंचाकर बैठे हैं। बड़ी तीखी-सी नज़रों से उसने उन्हें देखा, मानो कह रहा हो—'क्यों मुझे बेवकूफ बना रहे हो ?'

"कुछ ज़रूरी काम आ गया था।" अपराधियों की तरह सतीश के स्वर में क्षमा-याचना का पुट क्यों आ गया है ? असली अपराधी तो वे हैं।

"जिस दिन घर में कुछ होगा, उस दिन ज़रूर तुम्हारे ऑफिस में भी काम आएगा। छोड़ पाते कल के लिए। कह देते, मैं आज नहीं ठहर सकता।"

तिरिया चरित्तर ? कोई कह सकता है इस शकुन को देखकर कि पति के जाते ही यह औरत... ! "चाय दो ज़रा।" किसी तरह शब्दों को ठेलकर उसने कहा। पहले उसने सोचा था, वह किसीसे कुछ बोलेगा नहीं, चाय भी नहीं मांगेगा, पर फिर लगा, क्यों नहीं मांगेगा? जब तक शकुन इस घर में रहेगी, उसे पत्नी की तरह उसके हर आदेश का पालन करना पड़ेगा। देखें, कर तो दे मना चाय को—अभी दिखा देता है वह भी !

हाथ-मुंह धोने के लिए वह अन्दर गया तो उसने शकुन को कहते सुना, "बहुत थक जाते हैं ऑफिस के काम से।"शायद सतीश की रुखाई की सफाई दे रही है आलोक को।

'हां, वह थक जाता है ! वह बहुत कमज़ोर है, दुर्बल, बिलकुल दुर्बल, नामर्द ! कह दे, सारी दुनिया में ढिंढोरा पीट दे—वह है, जैसा है !

उसका मन फिर सुलगने लगा। सर्दी हो चली थी, फिर भी वह तौलिया लेकर नहाने घुस गया। गुसलखाने के बाहर से उसे शकुन का स्वर सुनाई दिया, "यह क्या, तुम इस समय नहा रहे हो ठण्डे पानी से? बीमार पड़ोगे क्या? सुनो तो..." उसने पूरा नल खोल दिया, तो पानी की आवाज़ में शकुन का स्वर डूब गया। बकने दो कम्बख्त को !

एक बार पानी की ठण्डक ने उसे भीतर तक कंपा दिया, फिर भी उसे नहाना अच्छा लग रहा था। जलन जैसे ठण्डी होती जा रही थी।

काफी देर तक पानी के नीचे रहने के बाद उसने नल बन्द कर दिया। अपना शरीर पोंछकर कुछ देर तक वह यों ही खड़ा रहा, फिर खड़ा-खड़ा अपने

ही अंगों से बड़ी अश्लील-सी हरकतें करता रहा। पता नहीं, एक विचित्र-सा सन्तोष मिल रहा था उसे यह सब करने में ! खोया आत्मविश्वास जैसे लौट रहा था...कौन कहता है साला कि वह ...

फिर एकाएक उसका अपना ही मन ग्लानि और वितृष्णा से भर उठा। यह सब क्या होता जा रहा है उसे ? इन लोगों के साथ-साथ वह क्यों अपना दिमाग खराब करता जा रहा है ? नहीं, जैसे भी होगा वह अपने को संयत करेगा।

उसने सोचा, वह बड़े स्वाभाविक ढंग से चाय पिएगा और उससे भी अधिक स्वाभाविक स्वर में कहेगा—'देखिए, मुझे सब कुछ मालूम है। बन्द दरवाज़े ऐसी बातों को छिपाकर नहीं रख सकते ! आप लोग एक्टिंग करने में बहुत माहिर होंगे, पर मेरी आंखें भी कम तेज़ नहीं। शकुन चाहे तो आपके साथ ही जा सकती है। मुझमें इतनी उदारता है कि मैं अपनी पत्नी की राह में बाधा बनकर खड़ा न होऊं, उसकी इच्छा पूरी करने में सहायक बनूं।'

ये लोग उसके ही घर में नाटक कर रहे हैं, तो क्लाइमेक्स वह कर दे।

वह बाल बनाता जा रहा था और पलंग को देखता जा रहा था। कैसे सोएगा अब वह इस पलंग पर?

पर वह बाहर निकला तो उससे कुछ भी नहीं कहा गया। शकुन चाय बनाने लगी तो आलोक ने कहा, "हम लोग तो वैसे चाय पी चुके हैं, पर आपका साथ देने के लिए एक राउण्ड और सही !"

"हां-हां, ज़रूर ! शाम का सारा प्रोग्राम तो इन्होंने गड़बड़ कर दिया, अब चाय पी-पीकर ही समय काटो !" शकुन के स्वर में हलका-सा आक्रोश था। चाय पी चुके हैं, यह तो बता दिया, और क्या-क्या कर चुके हैं, यह क्यों नहीं बताते ? बताने जैसी बात हो, तब न ! फिर उसे लगा, वही क्यों नहीं पूछ लेता कि कहिए, दिन-भर क्या किया? बड़ा स्वाभाविक प्रश्न है, पर सारी स्थिति स्वाभाविक नहीं है, इसलिए इन्हें यही लगेगा कि मैं शक कर रहा हूं। और मान लो, इस प्रश्न का एकाएक दोनों को कोई जवाब ही नहीं सूझे और खिसियाए-से दोनों एक-दूसरे का मुंह ही देखते रह जाएं,

तब वह क्या करेगा?

तभी शकुन उठी और भीतर से स्वेटर लाकर देती हुई बोली, "लो, अब कम से कम यह तो पहन लो। रात को ठण्डे पानी से नहाए हो, अपनी ज़िद के आगे तुम किसीकी बात सुनते भी हो कभी ?"

न चाहते हुए भी उसने स्वेटर पहन लिया। चोंचले दिखा रही है।

आठ तो बजने वाले हैं, चलने-चलाने का तो यहां कोई सिलसिला ही नज़र नहीं आ रहा। दिन-भर में ज़रूर ही प्रोग्राम बदल गया होगा। बांहों में भर-भरकर शकुन ने एक दिन और ठहरने के लिए तो तैयार कर ही लिया होगा। कल फिर उसे ऑफिस भेज दिया जाएगा और...अभी उसे मालूम पड़ जाएगा कि आलोक आज ठहर रहा है, और वह कुढ़ता रहेगा। दिखाने के लिए भी वह शायद खुश नहीं हो सकेगा। क्यों दिखावा करे वह ? कौन साली उसे कहानी लिखनी है !

"अब तुम ज़रा बैठो...मैं खाना देख आऊं।"

हां, मेरे साथ बैठने में क्या रखा है ?

"शकुनजी तो काफी इण्टेलिजेण्ट हैं..."

हां, बहकाओ बच्चू ! मुझे खूब बहकाओ ! यों क्यों नहीं कहते कि शकुनजी तो काफी...बेवकूफ समझ रखा है उसे।

"बता रही थीं कि शादी होकर आईं, तब तो बस यों ही थीं, आपने ही यह रुचि भी पैदा की और सुविधाएं भी दीं।"

"सुनिए !" शकुन उधर से बुला रही है। सतीश उठकर चला गया।

"देखो, अब आलोकजी को स्टेशन छोड़ने तुम ही चले जाना। मुझे सारा घर ठीक करना है, और कॉपियां देखनी हैं। दो दिन से इस चक्कर में कुछ किया नहीं, कल सारे नम्बर देने हैं।"

सतीश ऐसे देखने लगा, जैसे कुछ समझने की चेष्टा कर रहा हो।

"आलोकजी आज जा रहे हैं क्या?"

"कमाल करते हो तुम भी ! सवेरे ही तो बात हो गई थी।"

"नहीं, मैंने सोचा, शायद तुमने आग्रह करके रोक लिया होगा।" कुछ आश्वस्त होते हुए उसने कहा।

"अरे बाबा, आ गए सो ही बड़ी बात है। अब उन्हें ज़रूरी काम है तो क्या करें?"

"तो स्टेशन तो तुम भी चलो कम से कम।"

"देखो, सारे बर्तन बिखरे पड़े हैं...खाना खतम होते ही पहले इन्हें जमाऊंगी। मांजी तो खिलाकर चली जाएगी...बाकी सब तो मुझे ही करना पड़ेगा। छोटा घर है, ज़रा-सा बिखर जाता है तो दिक्कत लगने लगती है। मुझे यों भी बिखरा घर पसन्द नहीं। उसके बाद कॉपियां भी तो देखनी हैं।"

"पर..."

"देखो, मैंने इसीलिए तुम्हें इधर बुलाकर कह दिया है, वरना वहां तुम ज़िद करने लगोगे तो मना करना बड़ा भद्दा लगेगा। कुछ कहना मत, हां!"

सतीश और शकुन साथ-साथ ही बाहर आए। सतीश को बात से भी ज़्यादा अच्छा लग रहा था, इस तरह भीतर बुलाकर शकुन का उससे कुछ कहना। आलोक आए हैं तो क्या हुआ, उनका अपना भी तो कोई जीवन है। कोई ऐसी बात भी तो हो ही सकती है, जो भीतर बुलाकर ही कही जाए।

तो आलोक जा रहा है? शकुन फिर अपनी घर-गृहस्थी और स्कूल की बातों में डूबने लगी है।

खाने बैठे तो शकुन ने उसकी थाली में दो-तीन अतिरिक्त चीज़ें रखते हुए कहा, "तुम सवेरे ऑफिस गए थे, तब तक तो बनी नहीं थीं, तुम अब खा लो।"

गाजर का हलवा था, मटर की कचौड़ी थी।

"कुछ तो आप भी लीजिए आलोकजी!" शकुन मनुहार कर रही थी।

"माफ करो बाबा! स्वस्थ ज़रूर कुछ ज़्यादा हूं, पर खाता ज़्यादा नहीं हूं। सवेरे का खाना ही अभी तो हज़म नहीं हुआ।"

"ऐसा तो आपने सवेरे भी कुछ नहीं खाया। मैंने तो अपने हाथों से सब बनाया है।"

तो दिन-भर इसने खाना बनाया? कहीं ऐसा तो नहीं कि यह बेचारी

बैठकर उधर खाना बना रही हो और ये महाशय यहां दीवान पर लेटकर सिगरेट फूंक रहे हों! आवाज़ आती कहां से ? पर फिर दरवाज़ा बन्द क्यों था ? हो सकता है, नींद आ गई हो, इसलिए दरवाज़ा बन्द कर दिया हो ! कमरा सड़क पर ही तो पड़ता है। वे भी तो इतवार को जब दोपहर में सोते हैं तो बन्द करके ही सोते हैं। तो यह सब क्या उसका अपना ही बुना हुआ जाल है, जिसमें फंसकर वह दिन-भर से छटपटा रहा है ? उसने गौर से शकुन को देखा। उसके अंग-प्रत्यंग को वह घूर-घूरकर देखने लगा... कहीं कोई छाप है...कोई लक्षण ? कोई लाल-नीला दाग ?

शकुन खिला ज़्यादा रही थी, खा कम रही थी; पर वैसे सब कुछ बड़ा स्वाभाविक था।

"आप आज शाम को आ जाते तो आलोकजी को थोड़ा घुमाफिरा ही देते ! सारे दिन घर में रखकर बोर कर दिया। सोच रहे होंगे, कहां आ फंसे !"

"वाह, बोर तो मैं तनिक भी नहीं हुआ। बढ़िया खाना खाया डटकर, गप्पें मारीं। हां, सतीशजी के साथ ज़्यादा बैठने का मौका नहीं मिला। और आपका बड़ा प्रिय आनासागर नहीं देखा। सो वह अबकी बार आऊंगा, तब ज़रूर देखूंगा।"

फिर कुछ 'खट्' से बजा सतीश के दिमाग में। तो क्या फिर आने का प्रोग्राम भी बन चुका है ? क्या है यह सब, उसे कुछ भी तो समझ में नहीं आ रहा है ! उसे अपनी ही समझ पर बुरी तरह खीझ आने लगी। शरीर में तो उसके कुछ गड़बड़ है ही, पर लगता है, दिमाग में और भी ज़्यादा गड़बड़ी है।

"अब आप तांगा ले आइए !" शायद अब शकुन जल्दी से आलोक को विदा करके अपने काम में लग जाना चाहती है; या कहीं ऐसा तो नहीं कि उसे भेजकर विदा की असली रस्म पूरी करनी है ? उसके सामने तो औपचारिक-से नमस्कार के सिवाय कुछ हो नहीं सकेगा।

"तांगा लेने मैं भी साथ चलता हूं, ज़रा टहलना ही हो जाएगा।"

"टहलना क्या होगा, यहां बगल में तो तांगा मिलता है। ये ही ले आएंगे।"

हां, आलोक को कैसे जाने दे सकती है अभी? मैं तो बाप का नौकर लगा हूं, जो तांगा लेने जाऊंगा?

चलते समय शकुन ने कहा, "समझ नहीं पा रही हूं आलोकजी, आपको किन शब्दों में धन्यवाद दूं? जब भी जयपुर आएं तो यहां आने का कष्ट अवश्य करिएगा, और इस बार अकेले नहीं, परिवारसहित आइए। सबसे मिलकर और भी खुशी होगी।"

"इस नई पुस्तक पर अपनी प्रतिक्रिया ज़रूर भेजना। पाठकों की प्रशंसा ही हमारे लिए तो सबसे बड़ी प्रेरणा होती है, पर इसका यह मतलब नहीं कि तुम केवल प्रशंसा लिख भेजो।" और आलोक हंसता हुआ तांगे पर बैठ गया। सारा तांगा नीचे को झुक गया—पता नहीं, कितना बज़न है कम्बख्त में!

"स्टेशन से सीधे घर ही आना, इधर-उधर मत चले जाना! मांजी भी चली जाएगी, मुझे बहुत अकेला लगेगा।" और सतीश को लगा, जैसे आलोक के सामने यह कहकर उसने उसे उबार लिया। बिदा देती अनमनी-सी शकुन उसे बड़ी भोली, बड़ी सरल और बड़ी प्यारी-सी लगी। फिर मन में ढेर-ढेर लाड़ उमड़ने लगा।

उसने एक बार फिर सवेरे से अब तक की सारी बातें याद कर डालीं। अगर अपने मन के सन्देह से मुक्त होकर देखे, तो कहीं तो कुछ नहीं है। एक भी तो बात ऐसी नहीं हुई, जिसे वह आधार बनाकर यों कष्ट पाए! नहीं-नहीं, यह उसकी ही हीन भावना है, जो उसे हर बात के दस-दस अर्थ लगाने को मजबूर कर देती है।

वह आज कितना बड़ा अनर्थ भी कर सकता था! उसे इस बात से बड़ी तसल्ली मिली कि ऐसा कुछ भी होने से पहले ही सद्बुद्धि आ गई।

हां, आलोक की वह खातिर कर रही थी, बड़े श्रद्धालु भाव से, तो इसमें हुआ ही क्या? बह हर काम को पूरी लगन से करती है, आलोक की खातिर की तो लगन से, अपना घर सजाया तो उतनी ही लगन से, और अब फिर सब ठीक-ठाक कर रही होगी।

वह बड़ी तरकीब से आलोक के लिखने के प्रोसेस वाली बात ज़रूर

शकुन को बता देगा कि कैसे ये लेखक लोग बिना किसी लगाव के भी केवल कहानी वसूलने के लिए एक्टिंग करते हैं। कम से कम यह एक हलका-सा संकेत हो जाएगा शकुन के लिए कि यदि आलोक ने कुछ किया भी हो, तो वह उसकी किसी भी बात या व्यवहार को गम्भीरता से न ले। उसका ओछापन भी नहीं दीखेगा और बात भी बन जाएगी। अपनी दूरदर्शिता पर वह स्वयं मुग्धसा हो गया। कौन कहता है कि वह बेवकूफ है या डल? आलोक ने स्वीकार किया कि शकुन इण्टेलिजेण्ट है, वह उसके संकेत को अवश्य ही समझ लेगी। और एकाएक लगा, जैसे सवेरे से जिस असह्य बोझ के नीचे वह तिलमिला रहा था, जिस मर्मान्तक पीड़ा से छटपटा रहा था, वह सब एकाएक समाप्त हो गई है।

गाड़ी चली तो बड़े मशीनी ढंग से वह हाथ हिलाता रहा। उसने भी चलते समय शकुन वाली बात दोहरा ही, "सपरिवार आइए कभी!"

आलोक आया और चला गया, और कहीं कुछ नहीं हुआ। वह घर लौटेगा तो देखेगा कि शकुन उसी व्यस्तता और लगाव से अपना घर ठीक कर रही होगी।

यदि उसका काम पूरा नहीं हुआ होगा तो वह कहेगा, 'जाओ, तुम आराम करो, बहुत थक गई होगी सवेरे से । लाओ, मैं जमा देता हूं सारे बर्तन-वर्तन।' वह उसकी कॉपियां भी दिखवा देगा। वह ज़रूर विरोध करेगी, 'तुम भी तो ऑफिस से थककर आए हो, मैं कर लूंगी तुम आराम करो।'

आज वह शकुन को बहुत प्यार करेगा। कितने दिन हो गए उसे बड़ी आत्मीयता से प्यार किए ! उसकी अपनी ही दुर्बलता ने पता नहीं, कैसे यह भ्रम उसके मन में पैदा कर दिया था कि उन दोनों के बीच जैसे कोई है... पर कहीं कोई नहीं है, शकुन आज भी उसीकी है; उतनी ही, जितनी दो साल पहले थी।

'मैं कितना धीरे-धीरे चल रहा हूं! शकुन अकेली होगी। साइकल न लाकर भूल ही की।' उसने अपनी चाल बढ़ा दी।

घर पहुंचा तो देखा—खाने के बर्तन भी टेबल पर ज्यों के त्यों पड़े थे,

कॉपियों का बण्डल भी दीवान के नीचे जैसे का तैसा बंधा पड़ा था। उधर जाकर देखा—शकुन पलंग पर लेटी हुई आलोक का नया उपन्यास पढ़ने में डूबी हुई है। आहट पाकर एक-दम चौंक-सी उठी, "कौन ?"

"मैं हूं।"

"ओह, तुम ! मैं तो डर गई थी।" और किताब को तकिये के नीचे सरकाती हुई वह उठकर बैठ गई।

□□□